顳顬草紙

串刺し

平山夢明

角川ホラー文庫
18875

顳顬《こめかみ》のこと

心霊や人間に殺されかけたという話をずっと追っかけていると、たまに「アレ？」ってものに出くわすんです。

もともと別でやってる『東京伝説』なんてのも、最初は仲間や知り合いを片っ端から穿《ほじく》り返していって「おっかない、お化けの話はない？」なんてやってたら「お化けの怖い話はないな」なんてのが出て来るようになって、普通なら「そぅ」って終わらせりゃ時間も無駄になんないんでしょうけれど、根が抜けていて非効率的だし、もともと面白そうな話ならなんでも聴きたがりなもんですから、「他ならあるんですか？」って水を向けると「人間のなら」ってんで、「へぇ。どんな」って聴き出して始まったんです。

まあ殆《ほとん》どが女の子でしたけれど。

携帯で別れ話をくどくどしくしている最中に建物の上から当の彼氏が降ってきたとか、生理が重くて学校休んで部屋で寝ていたらびゅんびゅん音がするんで目を開けたら知らない男が寝床の横で金属バットを持って素振りしてるとかね。パサパサの髪が

べったりおでこに貼り付いて汗みづくだったそうです。で、そんな話が溜《た》まったんで出来たのが、先程お話しした『東京伝説』っていう幽霊が全く出て来ない、人間に襲われた人の話ばっかりの本だったんですよ。

ですから、最初に『幽』の連載をしないかってお話を戴《いただ》いたときには、既に心霊ものは他所《よそ》でやってるし、狂った人間の話もやってるしで「どうしようかな」と思ったんですね。

まあ別に同じような路線をやるんでも差し障りはないような気もしたんですけれど、頭が良くないんで同じことを、あっちでもこっちでもやってると、そのうちにとっちらかっちまってドジを踏むだろうなぁと。で、色々と相談したんですよ。今までいろんな話をくれた人や仲間やらにね。どうしよう——って。

そしたら「おまえ、なんだかよくわかんねえって話があるつったじゃないか」って、覚えてた者《の》がいて。ええ。そうなんです。考えれば書くだけでも二十年近くやってきましたからね。聴くだけなら、それこそ物心ついた頃から大人の膝《ひざ》にまとわりついて「おっかない話をしてくれ!」ってねだって拳骨《げんこつ》喰らってたもんですから、そういえば喋《しゃべ》ってる方もよくわかんない話ってのがあったんですよ。例えば、ある奴は「咳《せき》をコンコンと二回すると直後に大怪我するんだ」っていうんです。一回目は中学で跳び箱に突っ込んで顔面を切っちまったとき。二度目は交差点にいてバイクが突っ込んで

きたとき。三回目は倉庫でボルトの詰まった金箱の在庫を調べてるとき。いずれも不意に胸が苦しくなって「コンコン」とやった直後に跳び箱やらバイクやら金属の固まりやらが奴を襲ったらしいんですよね。「たぶん、あのとき、神戸か大阪にいたら。俺、絶対にコンコンってやったと思う」と地震のことにかこつけたりしてましたけどね。で、また別のは小学校のとき、友だちと神社で遊んでいたら、いきなりそばの大木に雷でも落ちたような音がしてビックリして長い石段を駆け下りたそうなんです。そしたら目の前の子が残り三段ぐらいで、ぴょんっと飛んじゃった。「あ！　危ない」後ろをついていたその子が思わずそういった瞬間に、消えちゃったそうなんです。で、びっくりして泣いて帰ったら親が心配して、消えたっていう子の家に連絡に行ったと。そしたら当の本人は座ってご飯食べてたそうなんです。しかも本人は庭の隅でぼうっとしてるのを家の人に見つかって、そのまま座って夕飯を食べてた。神社で遊んだ記憶がまるっきり残ってない。但し、その晩から熱が出て一週間も経たずに亡くなってしまったそうですけど。

でね、こうした幽霊でも狂人でもない、乱暴な懐疑主義者や無粋な奴らにゃ、単に記憶の誤差のようでもあり認知のブレだよとでも片付けられちまいかねない話のなかにも、割と怖ろしくもあったり、謎だったりするような、奇妙でコクのある話っていうのが案外、落っこちてるもんなんですよね。で、『幽』の連載ではなるべくそんな話を拾っていくようにしたんです。勿論《もちろん》、取材はナマモノですから、いつでもこちらの都合良く集まるもんじゃありませんけれど、なるべくそんな『顳顬と顳顬の間が拵《こしら》えたようなゾッとした話』を選《よ》ったつもりです。最近は怪談っつっても、ちょっとやそっとじゃ目新しくもないし、怖くもねえって噂ですが、一時でも、こいつを読んで「げぇ。不思議だ」とか「うへぇ。こいつぁ薄気味が悪い」なんて塩梅《あんばい》で、無聊《ぶりょう》を吹き飛ばして戴ければ、こんなに嬉《うれ》しいことはありません。よろしくお願いいたします。

平成二十一年七月

平山夢明

雛《ひな》と抽斗《ひきだし》

住田《すみだ》さんは去年の夏休み、実家へ帰ったときに妙な経験をした。

「でも、幽霊じゃないんですよ」

彼女の家は小高い山の麓《ふもと》にある。

窓を開け放っておけば目の前の田圃《たんぼ》を渡ってきた風がそのまま部屋のなかにまで飛び込んでくる。

夏でもクーラーが必要ない、のどかな田舎の村で彼女は育った。

「わたしが東京に出てからは二階の部屋はずっと物置みたいになってたんですけれど。妹が離婚して戻ってくることになったんで、片付けてあったんですよね」

久しぶりに元通りになった自分の部屋を見て懐かしくなった彼女は、夜、そこで寝ることにした。

「蒲団《ふとん》で横になると、子どもの頃は広かった部屋が案外、狭くてね。天井なんかもっともっと広かった気がするんですけどね」

部屋のなかのものは以前のまま手つかずであった。小さな木の本棚。蒲団の側《そば》には自分と妹のふたりで使っていた箪笥《たんす》があった。

そろそろ寝ようかと枕元のスタンドを消そうとしたとき、机の抽斗《ひきだし》に目が行った。

「仰向けだったから見えたんですけどね。一番細長い、椅子を仕舞うところの抽斗の裏っかたに何か書いてあったんです」

なんだろうと軀《からだ》を起こし、頭を突っ込むようにして覗《のぞ》き込んだ。

クレヨンでなにか書きつけてある。

「確かに自分の机、自分の字でしたけれど……」

覚えがなかった。

不意に風を切る気配がして、ドスンと床が揺れた。

見ると枕の上にひと抱えほどもある木箱が食い込むように落ちている。

『雛』

と、木箱の胴に墨書きがあった。

驚いて箱をどけようとしたが片手ではとても重くて動かせない。

「なにが入ってるんだろうと思って開けたら」

錆《さ》びついた釘《くぎ》がぎっしりと、箱の縁まで詰まっていた。

もし、あのまま寝ていたら、どうなっていただろうとゾッとした。彼女は木箱を苦労して枕からどけた。

抽斗は空だったので、そのまま引き抜くとスタンドの灯《あか》りに向けた。

「緑色のクレヨンでした。二三行、書きつけてありました」

『2008ねん8がつ18にちごご11じ27ぷん　ひな　おちる』

思わず携帯の時計を確認すると、まさに箱が枕に落ちた時刻に思えた。

「もちろん、年月日も合っているんです」

どういう風に考えてよいのかわからず、住田さんは何度も箱と抽斗を見返した。

落書きは他にも二行あった、が、それらは埃《ほこり》やら脂で撫《な》でつけられたようで滲《にじ》んでしまっており、読むことができなかった。

「なんとなくわかったのは」

終わりに書かれていた落書きの一部。

『20f@ねん1f@z△×の　さいご』

彼女は抽斗を元に戻すと蒲団を持って一階に下り、リビングで寝た。

正月に帰省すると妹母子《おやこ》がすっかり模様替えの終わった部屋に住んでいた。

机は？　と問うと、
古いので捨てたよといわれた。

「年に一二度、しでかしちまうんだよ」

滝田《たきた》はそういうと短く刈った髪をぼりぼりと指で掻《か》いた。

証券会社で働く彼は、新聞が読める人なら誰でもわかるように、昨今の逆風のなか、肝を冷やすような思いで営業活動を続けている。

「昔は株が下がったってことで叱られたり、怒鳴りつけられたりってことはあったけど。いまは証券マンだっていうだけで怒鳴られたり、詐欺師扱いだもの。死にそうだよ」

自分で選んだ職業とはいえ、あまりにも過酷すぎる。

ゆえに滝田は『毒抜き《デトックス》』と称して仕事帰りには必ず飲むことにしていた。学生時代から酒豪でならした彼なので さほどの失敗はないのだが、やはり前述のように年に何回かはハメを外す——去年の暮れがそうだった。

その夜、タクシーを降り、どうにかこうにか自宅マンションのエレベーターに辿《たど》り着いた彼は目眩《めまい》と猛烈なダルさに驚いた。

「いままでも気持ちが悪いとか頭が痛いとかいうのはあったけれど、全身がダルくてダルくて自分を運ぶのに苦労したなんてことは一度もなかったんだ」

乗り込むと階数ボタンを押し、音をさせて壁にもたれた。

「着くまでが随分、長く感じられたよ」

やがてドアが開き、廊下に出る。

俯《うつむ》きながら歩いたが、気持ち的には手で這《は》っているようなものだったという。

「躯が重くてね」

なんとか部屋に辿り着き、鍵《かぎ》を差し込む。

が、錠は回らなかった。

「しまった。どこかで鍵をひん曲げちまったと思ったよ」

チャイムを押したが誰も出て来ない。

ドアも叩《たた》く。

なんの反応もなかった。

深夜でもあり、そうそう大きな音をたてるわけにもいかない。

『参ったな』

困惑して顔を上げた。

――。

奇妙だった。

「うちはエレベーターから降りると右に部屋が並んでいるんだけれど……」

自分が立っているのは左側に部屋が並ぶ廊下だった。

『建物を間違えたか』

一瞬そう思ったが、表札やドアの脇にある、使わない植木鉢や廃品回収に出すつもりのトースター、電熱ヒーターなどは紛れもなく彼自身がそこへ置いたものだった。

「どういうことなんだ、って混乱したけれど酔ってるし、巧《うま》い理屈がつかなくて」

とりあえずそのままチャイムを鳴らし、ドアを叩いた。しまいには大声で呼んだりもした。

なんだよ……ちくしょう。

疲れて思わずドアに寄りかかると隣室のドアが細目に開いていて、顔色の悪い女がこちらを見ていた。隣人と親しくしているわけではなかったが覚えがあるような、ないような、曖昧《あいまい》な顔だった。

だが夜中に起こしてしまったのだ。思わず「すみません」と口にした。

すると、女は手招きをした。怒っている風ではない、ただゆっくりと手を宙で揺らしている。

「なんですか」

滝田が近づくと女は招き入れるようにドアを開いた。

見ると玄関に靴がぎっしりとある。

「お願いします」

女はそういうと滝田の背中をぐいっと押した。酔いによる足のおぼつかなさに前へのめるように靴を脱ぎ散らかし、狭い廊下を前へ前へ進むと自分の部屋と全く同じ作りながら右手にある六畳ほどの和室に祭壇があり、読経《どきょう》が聞こえた。

黒い服の男と坊主がひとり、そちらに向かって座っている。

女は無言で背中を突《つ》く。

彼は何か断れぬ気配に男の後ろにちょこんと座った。

読経が一旦《いったん》、静まると男が立ち上がり、坊主と並び、焼香をした。

その時、僧服の裾《すそ》から小さな足がずらりと覗いているのが見えた。

「こう薪《まき》が積まれてるみたいに足がゾロゾロと緞子《どんす》の隙間から出てるんだ」

ハッと見上げると、大きな裁ちバサミを片手にして女が真横で睨《にら》みつけてくる。

「で、遺影が俺みたいだったんだよ」

男が焼香を終えると自分の番になった。

遺影を確認するとまさしく自分である。

「その途端、焼香をしたら死ぬんじゃないだろうかっていう気がしてな」

動けず正座したままでいると背中にぴたりと押し当てられたものがある。硬いくちばしのようなもので、それがゆっくりと首の真後ろから腰の辺りまで幾度も移動する。女が裁ちバサミで押しつけるようになぞっているのだ。

読経が再び大きくなり、顔の黒い男がこちらを覗き込む。背中のハサミの上下が段々に早くなる。坊主のエノキのようにぞろりと剝《む》き出した足指がもぞもぞと急《せ》かすように蠢《うごめ》く。

呼吸が苦しくなり、滝田は気を失った。

滝田は病院で意識を取り戻した。

看護師の話では昨夜、マンションの入口で倒れているところを発見されたのだという。

「一時は心肺停止だったそうでな」

精密検査が繰り返され、十日ほどして自宅に戻った。

部屋はキチンと廊下の右側に並んでいた。

変わったことといえば隣室が空き家になっていたことだった。

「あなたが入院した翌日にお隣のご主人が事故で亡くなって……」

滝田の奥さんがそう呟《つぶや》き、彼の財布を取り出した。

「あちらの部屋に落ちてたって奥さんが持ってらしたんだけど。どういうことなのかしら。わたしも詳しくは訊《き》けなかったんだけどね」

財布のなかには当夜のタクシーの領収書が残されていた。

以来、酒はほどほどに控えるようにしていると滝田は呟いた。

霧嫌い

道端《みちばた》さんが小四の頃の話。

「丁度、夏休みで、どこかに行こうということになって、母は海が好きじゃないので湖がいいということになったんです」

一家は盆の直前を狙って出かけたという。

「泊まった民宿も思ったほど混んでなくて、ほとんど貸し切り状態でしたね。そこは貸しボートもやっていたので昼間はボートで遊んで夜は花火なんかしていました」

二泊三日の予定だった。

最終日の朝、道端さんは中一になるお兄さんに起こされた。

「まだ完全には夜も明けてなかった頃だから、どうしたの？　って訊いたんです」

お兄さんは最後だからボートに乗ろうといった。誰もいない夜明け前の湖に行ってみたいと。

「わたしも誰もいない湖っていうのは面白そうだと思ったから、親に気づかれないように着替えて外に出たんです」

外はどんよりと曇り、いまにも雨が降り出しそうな気配だったという。

短い桟橋にあるボートはみなイタズラされないようにしっかりとロープで結んであり、外せそうになかった。

諦《あきら》めて帰ろうかと思ったとき、お兄さんが少し外れたところに引き上げられているボートを見つけてきた。

「それだったら湖まで押していけば使えるっていうんです。で、ふたりで砂の上を押していきました」

ボートは重く、ふたりは苦労して押していったが水に触れるとふいに軽くなった。道端さんが乗り込み、次いで兄が乗った。

「よし。早く旅館から離れるぞ。誰かに見つかるとヤバイから」

オールを握った兄は躯《からだ》を前後に曲げ、懸命に漕《こ》ぎ始めた。

昼間、遊んでいたときには気づかなかった、オールがボートの基部に擦れる音、ボチャンボチャンという水音が新鮮でもあり、少し怖くもあったという。

「かなり漕いで湖の真ん中ぐらいまで行った頃だと思うんですけれど……」

いままで湖の対岸にわだかまっていた霧の固まりが風のせいだろうか、彼らの方にぐんぐんと近づいてきた。

「兄はそっちの方に背を向けていたから気づかなかったと思うんですけれど。わたしは真正面でしたから……」

霧はまるで湖面を滑るようにやってきて、一瞬にして彼らのボートをどっぷりと飲み込んでしまった。

「濃霧っていうんですか。わたし、あんなに濃い霧は生まれて初めてで……。本当に座っている自分の膝《ひざ》が見えなくなるぐらい。目の前が真っ白になってしまって」

周囲に半紙を巡らしたかのような、ひんやりとした空気のなか、オールのぎぃぎぃという音だけが規則正しく響いていた。

「おにいちゃん？　見える？」

つい先程まで目と鼻の先でオールを漕いでいた兄の姿が霧に埋まって全く見えなくなっていた。

「見えるよ。大丈夫だよ」

霧のなかから兄の声がした。

「わたし、全然、見えないよ」

蠅《はえ》を追うように手を動かすと霧が重たくむっくりと動く。道端さんは箸《はし》で掻《か》き混ぜたときの味噌汁《みそしる》を思い出した。

ぎぃ、ぎぃ、ぎぃ。

兄はあまり話さなくなっていた。

「民宿はわかるの……」

不意に引き返したくなった。

そのとき、バシャバシャと水の騒ぐ音が始まった。何か大きなものが水中で跳ね回っているような音だった。

「なにかいる！」

「しっ。静かに！」

水音はボートに徐々に近づいてきた。

「おにいちゃん！　こっちに来るよ」

ボートがガクンと揺れ、オールを漕ぐ音が速まった。水音から逃げ切ろうとボートが霧を突いて進んだ。

「それでも次から次へとシーツをめくって回るみたいに辺り一面真っ白で、全然進んだ気がしないんです」

水音は陰鬱《いんうつ》な音に変化しながらも消えることがない。

そのうちにボートは同じところをぐるぐると回っているのではないかと彼女は怖ろしくなった。

「おにいちゃん、帰ろ！　早く帰ろう」

兄はそれには答えず無言でオールを繰った。

彼女は思わず兄がいるはずの白い壁に向かって立ち上がりかけたが思いの外、ボートの安定が悪く、簡単に湖に落ちてしまいそうだった。

と、そのとき、ボートが彼女の側へ、ぐいっと傾いた。

縁《へり》に濡《ぬ》れた指が並んでいた。

何かが水中からボートに乗り込もうとしていた。

思わず悲鳴をあげた彼女はボートの底にあった木切れを摑《つか》むとぬらぬらと黒い髪に向かって叩《たた》きつけた。

喚《わめ》き声がし、一旦《いったん》、それは沈んだが、再び、ボートの縁に指がかかった。

彼女は指を木切れで殴りつけた。

が、それは喚きながら離れては近づきを繰り返す。

「おにいちゃん！」

「大丈夫、大丈夫」

霧の向こうから兄の間延びした声が返ってきた。

が、次にボートが傾くとそれは、彼女の腕を摑んだ。

「いや！」

ゾッとするほど冷たい指だったという。

彼女は上がり込もうとするそれの肩の辺りを突いた。どぼんっと厭《いや》な音をさせてそれは再び湖水に沈んだ。

「おにいちゃん！　早く早く！」

「大丈夫、大丈夫だよ」

「怖いよ！」

「叩いて、流せ」


「え？　と思った瞬間、ボートがまた傾いたんです。見たら縁に手をかけたものが今度こそボートに乗りかかりにきてる。咄嗟《とっさ》に悲鳴をあげたとき……」

一瞬、霧が緩みオールを握っている兄の手が見えた。

奇妙に毛深い手だった。

「それに関節が多かったんです」

普通、人間の指の関節はふたつである。しかし、そこにあったのは、ごつごつと節くれ立った関節をみっつもよっつも並べたデタラメな指だった。

思わず後退《あとずさ》った瞬間、溺《おぼ》れていた者が湖水からボートに飛び込んできた。

それはハッキリと彼女の名を呼んだ。

「兄でした」

彼女は大声で泣き出した。

霧がそれと同時に晴れ始めた。

お兄さんは、ずぶ濡れで真っ青な顔をしていて随分、水を吐いた。

彼女の正面は無人だったという。


「兄は夢中で漕いでいるうちにオールが手を離れてしまったそうなんですね。それで慌てて拾い上げようとして湖に落ちてしまい、必死になってボートを追いかけて来たんです。でも、そんな音は全然、聞こえなかった」

ふたりともボートを岸に寄せると這々《ほうほう》の体《てい》で部屋に戻った。

物音に驚き起きてきた母親の顔を見た途端、道端さんはその場にしゃがみ込んで泣き崩れてしまった。


「民宿のご主人には、昔から妙な噂のある湖だからねぇといわれました」

あれ以来、彼女は霧が苦手になったという。

蜃気楼《しんきろう》

広田《ひろた》さんは数年前、酷《ひど》いスランプに陥った。

ある時、大手家電メーカーのCM用にタレントが身につけるブレスレット、アンクレット、ネックレス、リング、ピアスを一式製作することになり、ディレクターからは時代背景は『ブレードランナー』の世界、自由にやってくださいとの話だった。大のSFファンでもあった広田さんは喜んで引き受け、さっそく工房に籠《こ》もると作業に取りかかった。

深夜、ふと気づくと何ものかが横に見えた。

「その時、僕は立って作業していたんです。万力《まんりき》で留めた作品にヤスリをかけてたんです」

顔を上げると誰もいない。

十五畳ほどの工房にはヘビメタが鳴り響いているだけだった。

彼は再び、作業台に向かった。鋳型《いがた》から取り出した際のバリを削り、本体との境を消しながら、次に全体を点検し、艶《つや》を出していく……。

ふと手元を凝視する目の端にそれが映った。

「白いぼんやりとした影。それが自分の動きに合わせるように……」

やや屈《かが》みながら前後に揺れていた。

顔を上げると見えなくなった。疲れたんだ。彼は一服し、また作業を始めた。

しかし、気づくとそれはいた。

最前同様、自分と同じ姿勢のまま揺れている。目の隅、視野ギリギリのところでの確認であった。姿勢はそのままに眼球のみを向けた。

「でも気配というか。見重りといえば妙な言葉だけれど重量感がちゃんとあるんです」

影のような薄っぺらいものではなかった。そこに存在を実感させるものがあった。

徐々に仕事への影響が出てきた。

「やはり集中し辛《づら》くなってきましたよね」

肌にとまった蚊をいつか叩き潰《つぶ》そうと待ち伏せるような苛々《いらいら》した状態が続いた。仕事は半月以上、遅れてしまった。彼は思い悩みつつも無理に仕事をした。それのことは無視しながら没頭しようと努めた。しかし、気がつくと視野の際で動くそれがいた。精魂込めて仕上げたつもりでも翌朝、眺めてみるとどこかうわの空の甘さが感じられる。もともと、ストイックであった彼はあっという間に切羽詰まってしまった。

「それに影は単なる白ではなかったんです」

慣れてくると影は襤褸《ぼろ》をまとっているのに気づいた。そしてひとつ気づくと、それもこれもと出て、やがて形が見えてきた。襤褸と化した白装束をまとった大男。何か小箱を背負っているようではあるが定かではない……現代人ではない。そんな印象が固まった。

「もちろん、はっきりしたものじゃない。霧のなかの人を透かしたような感じですから」

彼は精神科に相談に行った。

穏やかそうな初老の医師は訥々《とつとつ》と悩みを打ち明ける彼の話を聴き、ひとつ頷《うなず》き口を開いた。

「珍しくはありません。そういった感覚偏向は才能ある方にしばしば起きるようです」

医師は薬が幻影を消すのに有効であることを説明した。この場で処方できることも。

「但し……」

処方して貰《もら》えると聞いて安堵《あんど》の表情を浮かべる広田さんに医師は付け加えた。

「その影は確かに今は集中力の妨げになっているようにみえますが、逆にあなたが絶好のコンディションで集中しているサインであるともいえます。薬を使用すれば影は消えるでしょう。しかし、それは同時にサインの消失をも意味するのです……」

結局、薬は貰わなかった。

今、影は良い相棒となっている。

「最近はひとりで造った気がしなくって……」

広田さんは苦笑した。

「本当に眉間《みけん》のド真ん中だったんです」

中山《なかやま》さんは学生の頃、頭蓋骨《ずがいこつ》を折った。

「普通、頭蓋骨骨折っていえば大怪我じゃないですか。自動車事故とか、転落したとか……」

そういうのではなかった。彼女の頭蓋を傷めたのは単なる鉄の物差しだった。

「丁度、部屋の整理をしていて」

食器棚にあった物差しを横に倒したまま放っておいた。被服を専攻していた彼女のそれは鉄製の頑丈なもので、それが棚から三十センチほど空中に突き出していた。

「椅子に乗って棚を拭《ふ》いていたんですけれど、物差しが飛び出しているのをすっかり忘れてしまって飛び降りたんです」

ガツンと顔の真ん中で鈍い音がするとそのまま意識が遠くなり、気がつくと台所の真ん中でのびていた。

「起きたとき、視界がおかしくなっていたんです。ぶつけたとこが酷く腫《は》れ上がっていて。目と目の間に肉の衝立《ついたて》ができてました」

鏡を見て悲鳴をあげた途端、頭の芯《しん》にズーンと痛みが走った。病院へ駆け込みレントゲンを撮られた。

「折れてますねぇ……って言われたんです」

彼女は顔に大きな湿布をされると安静を言い渡された。

「カルシウムを造る薬を注射されて、三日は安静にしてと……」

もう少しずれていたら、それこそ大事故になっていましたよともいわれた。

金曜日だったこともあり、週末を家で静かに過ごすことにした。

「痛みは少ないんだけど、疼《うず》くんです。手の届かない厭《いや》な場所が痒《かゆ》いような熱いような……」

金、土と興奮していたのかよく眠れなかった彼女は日曜の夕方、うたた寝をしていた。

『とんとん……』

ノックの音が聞こえた。

はーい、と応答しようとしてやめた。

ドアにはチャイムがついていた。

普通はそれを使うはずである。

『とんとん』

確かに自分の部屋のドアだとわかると霞《かすみ》が晴れるように意識がはっきりしてきた。

『とんとん』

「はーい」

彼女は立ち上がり、玄関のドアを開けた。

誰もいなかった。

廊下には夕陽が斜めに差し込んでいるばかりだった。裏の児童公園から子供のはしゃぐ声が流れてきていた。

「うちは六畳と八畳が並んでいるだけの部屋だから出てくのに時間なんかかかんないのに」

両隣を見回しても誰もいない。

それからも『ノック』は続いた。決まって夕方四時頃、とんとんと優しく叩《たた》かれた。

「強くないの……遠慮してるみたいな叩き方」

いつのまにかノックされると彼女はドアを開けるようになっていた。誰もいないのだが、無視して座っていることがなぜかできなかった。

「ドアを開けるでしょ、誰もいないことを左右確認してドアを閉める。その繰り返し」

そのことに思い当たったのは、そんなノックとのつきあいがひと月ほど続いたある日。畳に寝そべっていると『ノック』があった。

そのとき、初めて音を立てている位置、つまりドアが叩かれている高さに気づいたという。

「俯《うつぶ》せてたからかな。音は思ったより低い位置でしていたんです」

確かめてみると叩かれていたのは彼女の腰の辺りだった。大人なら叩く位置は、ずっと高い。

「大人だとばっかり思ってたのに……」

翌日から中山さんは『ノック』があるとドアを開けながら「おかえり」と声をかけるようになった。理屈はなかった。ただ、小さな子がどんな理由にせよ、ひとりで戻ってきているのだと考えると声かけぐらいはしてあげたかった。

「きっと家族はどこかへ移っていってしまったんだろうけど。それでも帰ってくるんだから。おかえりってね。迎えてあげようと思って」

眉間の傷が完治した頃、不意に彼女は引っ越しをすることになった。

「次に住んだ人も、あの子に優しくしてくれると良いなと思ったけど。おかえりって言ってあげてくださいなんて不動産屋さんに引き継ぎできるわけないしね」

今でも我が子と夕陽に染まる部屋で戯れている時、ふと『ノック』を思い出す。そんなときは少しだけあのときのことを考える。

それしかできないけど、そうするのが良いと感じている。

蛍《ほたる》火《び》

荒井《あらい》さんは成人式を迎えた日にバイクを飲酒運転して事故を起こし、視力を失った。数年間の苦闘の末、どうにか生きることを決心した彼は鍼灸《しんきゅう》師の資格を取り、それを生業《なりわい》としている。

「いきなり、ぼんやり浮かんだんだ……」

ある夏の夜、歩いて五分ほどの得意先からの帰り道。彼は夕涼みがてらタクシーも使わず、そぞろ歩いていた。すると暗いはずの視界のなかにボーッと輝くものが見えた。

「え！　と思ったね。一瞬、なんだこれは！　俺は見えねえんだぞ！　って。馬鹿にすんなって！」

彼は無意識のうちに立ち止まると明かりのほうに向けて目を凝らしていた。

「変な話でしょう。見えねえ奴が首を伸ばして確かめてんだから……」

それは蛍の火を集めたように頼りない緑がかった光で象《かたど》られた人形《ひとがた》だったという。

少し前屈《かが》みながら気をつけをしていた。珍しさより、視力が朧《おぼろ》にでも戻ったかと彼は唖然《あぜん》とした。

「その時、ゴーンとね。一発。やりやがった」

そこは寺であり、塀の向こうは墓地だった。影は音が韻を伸ばすにつれ薄まり、消滅した。蠟燭《ろうそく》が灯心を焼き切った後のような寂しい闇が戻ってきた。

不思議なこともあるもんだと暫《しばら》くは忘れて日々を過ごしていたが、また影が出た。今度は小さな影だった。いたずら心が出て、つい触れようと手を伸ばしてみた。光の粒はそのままに手だけが抜けて、カサッと紙のようなものに触れた。そのままさぐると真ん中に硬い葉と極細の唐辛子に似た花弁がせめぎ合っていた。

菊の花束だった。

「なにやってんだ、あいつ……」

傍らを行く人が不愉快そうな声をあげた。

またある時には朧な影が細かい粒子を震わせるようにして、のぺっと溜《た》まっていた。

「それが線路脇でさ。どうみても首から先がないみたいなのが、ボーッと重なって」

相手も自分を見た気がした。そんなことはないと思っても確かに身じろぎをした。

段々に薄気味が悪くなった。知らず知らずのうちに得体の知れない森に迷い込んだような気がし、家に帰ると塩を自分の身と玄関口に撒《ま》いた。

そんなある夜、目より先に鼻が目覚めた。

部屋に異臭が立ち籠《こ》めていた。半身を起こすと部屋の隅に蛍のような影が溜まっている。

「蹲《うずくま》っているんだけれど……」

片膝《かたひざ》立てて、座り込み、髪が垂れているように見えた。臭いはそちらからやってきた。

「腐れてやがる……」

荒井さんは蒲団《ふとん》をかぶると反対側を向いた。時折、振り返ってみると影は相変わらず溜まっているという。

「たぶん、はっきりした見え方ならそんなものじゃすまなかったろうけどフィルターかかってたからね」

迷ってきたのなら直に出ていくだろうと高をくっていたが、そのくさい影は消えなかった。

「さすがに昼間はいないのだけど……夜になると居座ってやがる」

臭いも慣れることはなく日増しに強くなってくるような気がしたという。

「もともと閉じてる目で見えてるものだから避けようがないんだよ。部屋だって御大《おだい》尽《じん》じゃないんだから、手ぇ伸ばせばあっちこっち触れちゃうような狭さだろう。そんななかにくせえ化け物が居ついちまってるんだから……」

それに眺めていると、少しずつだが影だったものが、輪郭が取れるようになってきた。もう男だということもはっきりしていたし、垂れているのは髪ではなく皮膚やら顔やらの部分のようにも思えてきた。

「とにかく臭いも酷《ひど》いんだ……。もちろん、他の人にはわからない」

いつも顔を向けると腐れた男が隅にいる。心持ち距離が縮んだようで尚更、気分が悪かった。

「なんであんないじけたようなものに取り憑《つ》かれちまったんだろう」

荒井さんは頭を抱えた。このままでは遠からず仕事がだめになると感じた。現に睡眠不足が続き、ここひとつというところでツボを押し切れず客を帰してしまうことがあった。

「ツボってのは、その人の悪いモノが凝った場所だからね。その人同様に生きてる。だからこっちも押すときには気合いを入れる。力じゃなくて気で押すんだ。それがこっちがヘロッてるもんだからついつい押し切れずに負けちまう。仕事が嘘になる」

影は食事をしていてもトイレから戻って蒲団に潜る際にも隅にいた。しかも、少しずつではあるが実体に変わりつつあるようだった。

「ちゃんと目鼻の見当がつくようになってきやがって……。しかも、こっちを見てるんだ」

『こふ……こふ……』

深夜、何かが咳《せ》き込むのを聴いた。

「こんがらがった痰《たん》がそのまんま咳き込んでるような耳に残る音だった……」

隅を見るとはっきりと腐乱した人間の姿があったという。真っ暗闇のなか襤褸雑巾《ぼろぞうきん》のような人の成れの果てが、口をがったりと開けてげふげふ音を立てていた。笑っている。

と感じた途端、肌身に氷を当てたような寒気が走り、手足から力が抜けた。体勢を整えようとしたが腰も役にたたなくなっていた。

するとそれが四つんばいになったまま身を畳に擦りつけるようにして迫ってきた。

身動きも、もともと閉じてある目を閉じることもできなかった。それは仰向けになった彼の真上にくると顔を近づけてきた。腐臭が鼻を突き、顔の上に気配を感じた。

瞬間、荒井さんは相手の仏骨という喉《のど》にある急所のツボを突いていた。なぜそんなことをしたのか自分でも思いもよらなかったが、反射的に手が出てしまった。指が腕が、ぬるとした気配に包まれ、気がつくとそれは消えていた。

その後、右手には腐臭がしつこく残った。荒井さんはお浄《きよ》めして貰《もら》った塩と酒でごしごしと洗いまくり、ようやく落としたという。

「今では暗いほうがホッとする。闇が良いよ。真っ暗闇で充分だ、はは」

彼は杯を呷《あお》った。

傷口

「リストカットの常習ということで回されてきた子でした。随分、前になりますけれど」

当時、十七歳になる沙織《さおり》という患者は白くか細い両腕を切り刻んでいた。

高田《たかだ》さんは都内の精神病院に勤める看護師。仕事柄、深夜勤などしていると突然、飛び降りられたことなどあるという。

「無防備な肉体が舗装道路に当たる音というのは独特なんです。特に深夜だとよく響く……」

その時は、地面にビンタされた……と大腿骨《だいたいこつ》を折っただけで助かった当人は笑っていたという。

「鬱《うつ》の治りかけだったんで一番、危ないときではあったんですけどね」

沙織のほうは何かにつけて彼に近づいてきた。

「昔の彼氏に似ているから」

理由を問うと当人はあっけらかんといった。

「あまり良い傾向ではないけど直接、診察する医師とは立場が違いますから、わきまえて接していけば良いと思ってました」

暫くすると彼女は勤務中だけでなく昼食や休憩中も病棟内を彼を捜して回り、あれやこれやと理由をつけて話しかけてくるようになった。

「あまり依存が深くなってもいけないので、それとなく注意したんです。すると」

「高田君は私がどうしてリスカするかわかる？」

自分よりもひとまわり歳上の人間をつかまえて『君』よばわりする彼女は大きくよく動く瞳《ひとみ》を向けてきた。

「彼女はひとりっ子で、しかも両親の仲がとても悪いんです。事実上の家庭内離婚。特に母親との関係が悪くて……お見舞いにもやってこない。それと彼女は小学生の時に脊椎《せきつい》の病気で半年間入院していたんです」

沙織はその話のときだけはいつものあっけらかんとした表情とは裏腹に暗い顔を見せた。

「ほんっとに厭《いや》だった。気が狂いそうなぐらい」

彼女の話ではベッドに固定されたまま身動きひとつ許されなかったのだという。

「毎日、天井ばかり見てた。自分は生きてないんだ温かい人形なんだって、思うことにして。人形だからつまらなくない。哀しくない。苦しくないって……。そう思わなくちゃいられなかった。私の人生はあれからレールがずれてしまったんだ」

そこまで話すと不意に沙織は顔を上げた。

「高田君。大学の時、やったでしょ」

「なにを」

「私と同じこと。リスカ」

頭をボーンッと殴られたようなショックと共に、忘れていた苦い感情が溢《あふ》れてきた。

「お互い恋愛には苦労するね。では！」

後ろ姿を見送りながら彼は左手首に触れていた。

もちろん、そこには痕跡《こんせき》など微塵《みじん》も残ってはいないはずだった。

「確かに大学時代に失恋したときやりました。酔った勢いで切ったんです。でも医者に行くほど深く切ったわけじゃなし、真皮《しんぴ》が口を開けたのを見ただけで気持ちが悪くなって……」

自分でも忘れていた記憶だった。

ある宿直の夜、定時の巡回をしているとトイレのなかからひそひそと囁《ささや》く声が聞こえた。

「沙織の声でした」

彼はソッとなかに入ると、座り込んでいる彼女を発見した。簡易剃刀《かみそり》が落ちていた。彼女は左手首を耳に押し当てるようにしていた。

「なにをやってるんだ」

「ああ。たかだくん……」

手首が深く切れていた。沙織の入院が延び、薬がより強いものに変更された。数日後、食事をしている彼のもとに沙織が再び姿を現した。

「ごめんね」

「とにかく治療に専念してほしい」

それだけいうと高田さんは席を立った。

「ごめん！　教えるから。リスカのこと……高田君の。どうしてわかったか」

「彼女の話では脊椎の病気で入院していたとき、本を読むことも許されなかった彼女はトモちゃんという架空の友だちを作って遊んでいたらしいんです」

彼女によると最初は遊び半分だったトモちゃんは次第に彼女を乗っ取るようになった。それでも別に動くわけではないのだが、彼女に軀《からだ》を貸していると時間が早く経つ。

もちろん医療関係者や両親の前ではトモちゃんが沙織を演じていてくれるので、誰にも知られることはなかった。

「毎日毎日が異常に長かったのに、気がつくと夕方だったりするから。頭が変にならずにいられたのは彼女のおかげだと思うのね」

退院するとトモちゃんは自然と必要がなくなり、それはそれで子供ながらにも不思議な体験のひとつとして終わっていた。半年の入院体験は同級生たちとの間に大きな溝を作ることになり、周囲との疎外感は中学に入ってからも弱まることはなかった。

そんなある日、沙織は死のうと決意する。

「死ぬのは大したことじゃなかった。だって何もしてないんだもの。親だって自分たちのことばっかりで家庭なんかなかったし」

全部、リセットしたかったのだという。自室で剃刀を当てたときにも家には誰もいなかった。サクッと切ると西瓜《すいか》の皮と実のような赤身と白身が覗《のぞ》き、すぐに血が溢れてきたという。

『へえ』

そのとき、沙織の耳に女の子の声が聞こえた。

『もったいないねぇ』

周囲に人がいるはずもなく、頭のなかから声がするわけでもなかった。

『クラスの寺井《てらい》くんが好きだってよ……』

声は傷からしていた。

「それから沙織の自傷は定期化していくのです」

傷は沙織の知りたいこと、または先々のことを告げたという。

「彼女が恋愛後期に自傷するのは、すがりつくためでなく恋の先行きを知るためだったのです」


「わからない。だってトモちゃんの声を耳で聞いたわけじゃないから」

傷はトモちゃんが喋《しゃべ》っているのかという高田さんの問いに対し沙織は首を振った。

「でも高田君のことはよく知ってたでしょう。好きな人のことはよく教えてくれる」

沙織は微笑んだ。既に両腕は治っては裂かれ、治っては裂かれした傷が胼胝《たこ》になりケロイド状に埋まっていた。

「ねえ、私が死んでも傷は話すのかしら……」

高田さんは距離を置くことにし、やがて病院を移った。


それから数年が経った。

沙織はいまだに病院にいる。

但し、病態は激変したという。

「あれからすぐに彼女は症状が落ち着いたので退院したんですね。で、二年ほど後にお母さんが自宅で自殺されて……その直後から、また状態が悪くなって戻ってきたみたいなんです」

知り合いの医師によると沙織の様子は通夜の後からおかしくなったのだという。

彼女はひと晩中、親戚《しんせき》はもとより、父親すら寄せ付けず母親の死体を見守っていたという。

錯乱したのは明け方だった。

「突然、金切り声を上げるとゲラゲラと笑い出したり手がつけられなかったそうです」

今は落ち着いているようだが薬の副作用でほとんど感情がなくなってしまったようだという。

高田さんは一旦《いったん》、言葉を切ると溜息《ためいき》をついた。

「周囲は母親の自殺のショックだというんですが……僕は違うんです」

沙織の母親は浴室で頸動脈《けいどうみゃく》を切断したという。思い切った覚悟の自殺であった。

「なんていうか……もしかして彼女、なにかを知ろうとして母親の傷口を開けたんじゃないかと……」

高田さんは暗い目をした。

そして、今でも母親の遺体に取りすがったまま、包帯の隙間から首の赤黒い裂け目に耳を当てている沙織の姿が浮かぶんですと呟《つぶや》いた。

壁

「小学五年生の時。本当に突然だったから本人も周りもびっくりしてしまって……」

志賀《しが》さんのお母さんは夫と死別した後、女手ひとつでふたり姉妹を育て上げた豪傑母さん。しかし、そんなお母さんに思いも寄らない出来事が降り注いだ。

「母は看護師をしていたんですけれど」

突然、病院に行けなくなってしまった。

「本人にも全然、心当たりがなくて。仕事も認められていたし、それなりのお給料も貰《もら》ってましたから。もちろん人間関係の難しさはどこの職場にもつきものですけれど、そんなことでへこたれるような母ではなかったんです。それがある日、出勤時刻になったら……」

全身に湿疹《しっしん》ができ、動けなくなってしまった。

「私や妹が大きくなってからは無遅刻無欠勤でやってきた人なのに」

一度、休んでしまったことで心の芯棒《しんぼう》が折れてしまったのか、いつものハツラツさが翳《かげ》り始め、遂には起きられなくなってしまった。ごめんねごめんねと涙ながらに謝る母親を見て、姉妹も涙を堪《こら》えることができなかった。

「私たちは、軀が治ったらまた元気に働けるだろうと思っていたんですけれど……」

状況はさらに過酷で、お母さんは看護師を辞めるしかないと考えていたという。勿《もち》論《ろん》、お母さんは勤め先の医師にも相談したが治らなかった。それもそのはず、お母さんの出勤できない理由は突然、

『白い壁が物凄《ものすご》く怖くなったから』

というものであった。

「病院って白い壁だらけでしょう。だから全然、だめになってしまったのね」

何度も挑戦してみるのだが忽《たちま》ちお母さんの額には脂汗が浮かび、手足がおぼつかなくなってしまう。不思議なことに、白い壁の続く病棟を離れると症状は消えてしまうのである。

「軀の病気やはっきりした心の病気なら対処の仕方もあるのだろうけれど……単に白い壁がすごく怖いだけでは」

それでも普段からのお母さんの頑張りぶりを知っている医師や同僚は、色々な病院を紹介してくれた。だが退行催眠で幼少期にまで遡《さかのぼ》ったにもかかわらず、原因は杳《よう》として摑《つか》めなかった。家計はすぐに火の車となったが、それを支えてくれたのがお母さんの双子の妹だったという。

「叔母さんには優しい銀行員の旦那《だんな》さんがいてね。昔っから、とてもよくしてくれる

のよ」

お母さんとは姉妹仲もよく、家族ぐるみでつきあっていた。叔母さんは月々いくらかを包んでもってきてくれたという。

「早く治ると良いね、お姉ちゃん」

細かい事情は説明が難しいので話さず、重い体調不良ということで通した。

「その頃、叔母さんは念願の赤ちゃんがやっとできた頃でね。あっちはあんなに幸せなのに、同じ双子でありながら、なんでうちはこんなに不幸せなのって、よく母は嘆いてました」

実際、お母さんと叔母さんは一卵性双生児だけあって、よく似ていた。

少しするとお母さんの恐怖症に僅《わず》かに説明がついてきた。普通、恐怖症というのは対象物が自分に危害を加えるのを妄想し、恐怖するというものであるが、お母さんは壁自体を恐れているわけではないと診断された。

「母は壁が真っ赤に染まるイメージを連想して、恐怖するらしいんですね。でも、それは自分がぶつかるというものではないそうなんです」

ある時、いつものようにお見舞いにきてくれた叔母さんに、お母さんがふと黙っているはずの『壁』のことを漏らしてしまった。

「本当は体調が悪いんじゃなくて。笑わないでね。壁が怖いの……なんていったらしいんです」

するとと叔母さんは笑うどころか顔面を蒼白《そうはく》にして、話の続きを強く求めた。覚悟を決めたお母さんは、看護師を辞めようと思っていることなども含め、症状の始まった時期や状態を説明した。

それが終わった途端、叔母さんは大声で泣きながらお母さんの前に膝《ひざ》を折り、額を畳に擦りつけて詫《わ》び始めた。

「ごめんなさい、ごめんなさい」

突然のことにお母さんはおろおろするばかりだったという。

「どうしたのよ……落ち着きなさいな」

「ごめんなさいね、ごめんなさいね……」

「叔母は今でいうところの育児ノイローゼになっていたそうなんです。自分でも念願の赤ちゃんを授かったのに……と、どうして気持ちがそんな風になってしまうのか混乱していたそうですけれど……」

火のついたようにいつまでも泣きやまない赤ん坊が突然、憎くなるのだという。それでも理性的な叔母は周囲の人間はおろか夫にさえ、そんな素振りを毛ほども見せぬように自分を押し殺し続けた。

次から次へとわき上がる、身内を突き上げるような熱い憎しみに驚き、それに堪えながら彼女は専業主婦として育児を続けた。

彼女の家の庭には白壁の土蔵が残されていた。焼けつくような頭をもてあましながら、一向に泣きやまぬ我が子を抱き、庭を行き交ううちに『いつか、私はこの子を思いきり、あの壁に投げつけて殺してしまうだろう……』という妄念に取り憑《つ》かれてしまったのだという。

白い壁にべっとりと貼りついた鮮血と髪、それ以外の何か……。

そのイメージは硬く、彼女の奥底に凝り固まり、今日やってしまうのか、今日でなければ明日《あした》は必ずやってしまうだろう……というギリギリまで叔母さんは追い詰められていたのだという。

妹の話を聞いた姉はその足でふたりして医師の元に向かった。すると妹が治るにつれ、姉の恐怖症も嘘のように消えていったのだという。

「この話は、いとこが成人するまで黙っておくことになっているんです」

志賀さんはにっこりと笑った。

変化

「仕事が仕事だからね……無礙《むげ》に断るわけにはいかないのよ」

彪弧《ひょうご》さんは気によって身心の不調を整える仕事をしている。もともと実家の巫女《みこ》をしていたのだがある霊示により、この仕事を始めた。

「躯《からだ》が歪《ゆが》む前にだいたい心の方がくたびれてくるのよ。そういう人はオーラも濁ってくるし……」

難治疾患の人や末期癌の患者も、つてを辿《たど》って多数訪れる。また人体に於《お》ける自然治癒能力の可能性に対する研究協力者として、いくつかの大学の実験にも招待され、医学者を前に末期癌を消したこともある。

「でもね。本当に病は気から……なの」

彼女によると生命エネルギーを『何に』『どう』使うかによって躯は簡単に良くも悪くもなる。

「一番悪いのは怨《うら》み。これは怒りが痼《しこ》りになったもの。結局は自分を破滅させるように動いてしまうのね」

怖ろしいことに怨みというのは最も潜在意識が従いやすい原初の凶暴さなのだという。

「だから頭では相手と話し合ったりして終わったと思っていても潜在意識は全然、納得しないわけ。潜在意識は言葉ではわからない世界だからね。だからいつまでも焚《た》き火の炭みたいに自分を焦がして穴を開けちゃう」

幾多の患者さんのなかには不幸にも亡くなる方もいる。するとそのなかの何人かは御遺族が記念の写真を置いていく。

「どうしてかわからないんだけど。先生のそばで成仏させてやってくださいって置いていくのよ。こっちもそんなもの要りませんともいえないから……」

受け取っておくのだが。

「変わるのよ……写真」

大抵は元気なときのものなので写っている本人は微笑んでいるのだが、それに歪みが加わる。

「こう……苦しい顔になったりね」

そのなかでも一際、顔を引き攣《つ》らせたものがあったので彼女は遺族を呼んだ。

すると室内に入ってきた未亡人があっと声をあげたまま写真の前にへたり込んでしまった。

暫《しばら》く、そのままにしておくと未亡人は写真を指差した。

「……臨終の顔です」

話によるとご主人は深夜、誰にも看取《みと》られることなく突然、亡くなったのだという。

「無念だったのね」

彼女はそれを懇ろに弔い、遺族に返却した。


ある時、何の霊感ももたないご主人が「おい」と居間から声をかけた。

「おまえ、この写真何枚もってるんだ。またかけ替えたのかって」

ご主人は壁の富士の写真を指差した。見ると快晴の富士の雲に綺麗《きれい》なモアレ状の縞《しま》ができている。以前はなかったものであった。

「これは一枚物ですよ」

そういうと、またそんな怪異か、やれやれとご主人は首を振って出ていかれた。

「他にも夜景かと思うぐらい暗くなったりするのね。その富士の写真は」

富士好きの患者さんが秘蔵の一枚といってパネルにしてくれたものだった。

その彼も居ない。

彪弧さんは今も治療そのものは続けておられるが写真を預かることは極力遠慮している。

「やっぱり、いつまでも現世に執着があってはならないわけですよ。特に私のところなんかだと、言えば伝わると思うから余計、成仏が遅れちゃうでしょう」

そこで彼女は私の肩にエイッと活を入れた。

ガスパン

「結構、ハマってる奴はいると思います」

貫井《ぬくい》さんは歯科医師歴二十年のベテランだ。

「いまから百六十年ほど前、アメリカの歯科医が患者さんに使って抜歯したところ全然、痛みを感じさせずにできたというのが始まりだったんですけれど」

硝酸アンモニウムを二百四十度以上に加熱することで発生する亜酸化窒素というガスを吸わせることで鎮痛作用を及ぼすそれは、一般には『笑気ガス』として知られている。

「使い方は簡単で、ガスの入っているボンベから伸びた吸飲用マスクを被《かぶ》せるだけ」

吸うと直後に手足がぼんやりだるくなり、手足の緊張が解け、多幸感に包まれる。するとと抜歯前の麻酔注射に対しても恐怖が薄らぎ、自然と受け容《い》れられるようになるのだという。多少は飲酒時のほろ酔い加減に似ているかもしれない。

ボンベからの排気には酸素七十パーセント、亜酸化窒素三十パーセントが調整してあり、タイマーによるオンオフも可能。

「教科書には後遺症や中毒性は全くないと書かれているんだけれど。でもそれは肉体的という意味なんですね。精神的な依存はありますよね」

貫井さんは一時期、ハマった。

「仕事が忙しくって何日も寝てないときや、プライベートで厭《いや》なことが続いたりしたときによく使いましたね」

彼は診療を終えた深夜、ひとりで治療椅子に座り、ガスを吸った。吸飲時間は通常診療に使うよりも当然、長い。

「人間の顔にはいろいろと閉鎖空間があるんですよ。そこにガスが沈滞するんですね」

多幸感に浸って暫くすると鼓膜が張ってくる。音が突然、明瞭《めいりょう》になり、それに連れて視界もクリアーになる。

「なんだか全てが生々しいんです。音はもうライブっていうか今まで聞いたことのない迫力だし、視界も色味がくっきりして……」

感覚が研ぎ澄まされたというより、世界を『神の雑巾《ぞうきん》』で磨き上げたようになるという。

「でも、一日に一回が限界なんです。体調も関係してきますし」

味を占めて再挑戦すると大概、吐いてしまう。

「それはもう気持ちの悪いもので……」

貫井さんは二三度で懲りたという。

彼の同僚に沖田《おきた》という男がいた。

沖田は真面目で大人しい性格だったが、それが災いして無理な残業を強いられることも多かった。

「腕が良かったんで院長から変な意味で頼られちゃったんでしょうね」

その沖田がハマッてしまった。

「ひとりで残業することも多かったし、かなり自由に備品棚や保管庫を使えていましたから」

ボンベが空になるのが早くなった。

「一本で四万円ぐらいするんですが大学病院でも余裕で二ヶ月近くは保《も》つものが」

十日ほどで空になった。

当然、病院でも気づきそうなものだが備品の発注管理も沖田に一任されていたので相当期間発覚することはなかった。

「僕がピンと来たのは有線なんです」

その日、治療中にかかった曲が偶然、笑気ガスで飛んでいる最中の曲とぴったりだったのだという。

「曲っていっても僕らのは、酸素を沸かしてる瓶のたてる音なんですね。ボコボコボコっていう。あれが、効いてくるとズンズンっていう重低音気味の音になるんです。こう軀《からだ》を浮かせるような。近い音はあってもピッタリの音というのはなかなか聞いたことがなかったんで、びっくりしたんですね」

あれっ、と顔を上げると、沖田も何か耳で捜しているようにスピーカーをジッと見つめていたのだという。

……こいつやってるな。

貫井さんはそう確信した。

「それである晩、やっぱり奴が残業を言いつけられた日に戻ったんです」

チャイムを鳴らしても返事がない。

暫く待っていると窓から沖田が顔を出した。

表情は弛緩《しかん》し、笑っているように見えた。笑気ガスと呼ばれる由縁だ。

「おまえ大丈夫か」

白衣の胸元を反吐《へど》で汚しているのを見た貫井さんは思わずそう声をかけた。

バツの悪いところを見られた沖田は顔を強《こわ》ばらせていたが、貫井さんが自分も経験者だと告げると緊張を解いた。

「おまえ、どのくらいやってるんだ」

「毎晩」

「やりすぎだよ。みつかるぞ」

「大丈夫。院長もハマってるんだ」

沖田の話では最初にガスを勧めたのは院長だったという。

「院長は自宅にセット一式もってるんだ。奥さんがよく、吐いてばっかりで気持ち悪いって文句言ってるよ」

貫井は温厚そうな院長の顔を思い浮かべた。

「でも、もうよすよ」

沖田はぽつりと呟《つぶや》いた。

「よせよせって、あいつがいうんだ」

沖田は空気を沸かす瓶を指差した。

「ノッてくると、ヤメナヤメナ。ヤメナヤメナって。最近はうるさくてさ」

沖田は立ち上がると備品庫の奥にある手提げ金庫を持ってきた。

「何度もやりたくなるからボンベを再充塡《じゅうてん》する鍵《かぎ》はこのなかにしまってあるんだ。そうするとガチャガチャ開けようとしているあいだに我に返るだろう」

沖田は蒼醒《あおざ》めた顔で微笑んだ。

「君もやってみないか」

悪いことに貫井さんはハマってしまった。

「それから暫《しばら》くは、ふたりで残業というか……ガスパーティー。奴はガスパンっていいましたけど、始まってました」

これは言い訳になっちゃうけど、と断りながら貫井さんは当時、結婚を考えていた女性にふられたこと、田舎で歯科医院を経営している父親がしきりに戻るようにいい出していたことなどを理由にあげた。

「要は僕もくたくただったんです」

ガスパンは仕事が終わった午後十一時から明け方まで続いた。

貫井さんも耐性があったせいか、かなり吸っていても平気だったが、沖田はそれを遥《はる》かに超え、驚異的にガスに強かった。

「ガス中でしたね」

ふたりの幻覚は幻聴と相まって、いつしか幻想になった。

「『未知との遭遇』そっくりの母船が診察室に入ってきたことがありました。本当にキラキラ光って重低音のまま……。あれはすごかった」

診察室で『あの音』に似た曲がかかると、ふたりでにやにや笑い合ったりもしていた。

「ところが僕のほうが先にだめになってしまったんです」

ある晩、ガスをやっていると赤や緑のビーズのようなものが膝《ひざ》から胸にかけて散らばっているのに気づいた。ビーズは動いていた。

「笑われると思いますが……小人だったんです。絵本に出てくるような三角帽子を載っけた」

彼らはわらわらと彼の顔まで登ってきた。

『ガスパンやめな』

『ガスパン危ない』

『ガスパン怖いよ』

口々に告げたのだという。

それから憑《つ》き物が落ちたように貫井さんはガスパンの回数が減った。

「貫井は見てるものが甘いんだよ」

静かな口調ながら沖田の言葉には侮蔑《ぶべつ》が混じっていた。

「君は宇宙船だの。小人だの。単に脳味噌《のうみそ》の中でしか体験していないじゃないか」

「何をいってるんだ。当たり前だろう」

「精神変容していないんだ。俺のは違う。そんな安っぽいお仕着せの芝居なんかじゃない現実を見てるのさ」

沖田の口調からはなにやら不吉なものを感じた。

「それから二週間ほどガスパンはしませんでした。すると夜、沖田から電話があったんです」

沖田はいまから来ないかとしつこく告げた。

「俺が見ているものを教えてやるよ」

その言葉に貫井さんは出かけることにした。

深夜の街は妙に静まりかえっていた。

病院のそばに来たとき、いきなり暗がりから腕を引かれた。

「なんですか」

見知らぬ男が貫井さんの腕を摑《つか》んで笑っていた。暴行する気配はない。ただにやにやしているのみであった。

「なんですか」

〈……じょん〉

背広姿の男はそう呟くと去っていった。

「なんなんだ、あいつ」

診察室で出迎えた沖田は上機嫌だった。

「どうした、何かあったのか。見知らぬ男に抱きつかれたような顔をしているぞ」

「なんだ見てたのか」

「見られるか、ここから」

貫井さんはハッとした。確かに距離がありすぎるし、窓は全て男に摑まれた場所から反対にあった。

「じゃあ、何のためにやらせたんだ」

「やらせたんじゃない。やったのは僕さ」

「わけがわからないな」

沖田は貫井さんに座るようにいった。

「僕は他人に入ったんだ」

「よくわからないな」

「僕にも理屈はわからない。でも、そうできるときがあるようなんだ。そしてそれはとても楽しくて、かけがえがない」

沖田の話ではガスパンに集中していたあるとき、突然、診察室ではなく外を歩いている自分に気づいたという。頰に当たる風も歩いている軀も充分にリアルなものだった。

「時間は短くて、すぐに切れてしまったんだが」

我に返った沖田は、自分が他人の意識に横滑りしたのを感じたという。

「それから何度も体験を重ねるうちに、少しずつコツのようなものも飲み込めてきた。

時間は数秒から数十秒だが、そのあいだ、この近くを通った人間の意識の欠落部に潜り込めるようなんだ。するとその瞬間だけ意のままにできる」

貫井さんは遂に沖田は錯乱したのだと理解した。どちらにせよ、このような状態の男と長くかかわっていることはできない。彼は「失礼する」と席を立った。

「沖田。おまえは技量もあるし治療姿勢も熱心だ。だから忠告するのだが、もうガスはやめろ。取り返しのつかないことになるぞ」

「……じょん」

貫井さんは歩を止めた。

「あの男、歯医者には見えなかったろう。奴はこういったのさ。俗にいう嚙《か》み合わせ。俺たちの用語でオクルージョン。証拠にしようと思ってさ、いってみた」

それに答えず貫井さんは病院を後にした。

「とにかく汗びっしょりでした。気味悪くもあり、また沖田が今後、何をやらかすか不安でもありました」

しかし、沖田の悪習はそう長くは続かなかった。

診療椅子に腰掛けたまま死んだのである。

「僕は田舎に帰るつもりだったので、その打ち合わせで二週間ほど休みを貰《もら》ったんです。その最中の出来事でした」

死因は心臓麻痺《まひ》。ガスはタイマーによって切られていたし、混入すべき酸素が無くなれば安全装置が作動し、これもガスの排出は停まる。死因の特定は司法解剖によって明らかにされたものだったという。

「結局、過労死ということになったんですが、院長は沖田が仕事で毎夜毎夜の残業に及んだのではないとして遺族と争うことになったそうです」

沖田の死から一年ほどして貫井さんは歯科医の娘と婚約、都内に戻ってくることになった。

彼は世話になった院長のもとへ挨拶《あいさつ》に出向いた。すると玄関口に出た奥さんが暗い顔をして、居間で待っているようにいう。

「また吐いているんです。本当にあの人の中毒にも困ってしまって……」

暫くすると酔い覚めのような顔をした院長が現れた。簡単な挨拶の後、雑談をしていると院長が沖田の話を出した。

「君は一緒にやっとったんだろう」

院長はシンナーを吸うような身振りをした。

「はあ。すみませんでした」

「いや。いいんだ、それは。だが死ぬとはなぁ。珍しい。本当に珍しい。実に珍しい」

「本当に心臓麻痺だったんですか」

「外傷はなかった。発見したのがわしだから間違いない。口をぽかんと開けてな、ただ……」

そこで院長は口をつぐんだ。

貫井さんが黙っていると、これは口外しないで貰いたいのだがと前置きして。

「顔がひどく歪《ゆが》んどった。こう断末魔の果てのような無惨な形相だった。笑気ガスを吸うておって、あんな顔になるとは……それだけが謎だ」

貫井さんは試しに病院へ向かった。もう来ることはないだろうと思うと自然と足が向いた。そして病院の角に来たとき、ある立て看板を見つけ全身が凍りついたという。

彼は病院に駆け込むと挨拶もそこそこに顔見知りの受付嬢に切り出した。

「あそこの事故って沖田が死んだ晩に起きたんだよね」

「そうです。学校の先生だったんですけれど角からいきなり飛び出したそうで、相手がトラックでしたから、即死だったそうです」

「いきなり飛び出した……」

「ええ。いままで歩いていたのがくるっと向きを変えてピョンと、まさかそんな動きをするとは思ってなかったからブレーキを踏む間も無かったらしいって……うちにきた警察の人がいってました。朝は沖田先生のこともあったし、その日は滅茶苦茶だったんですよ」

彼は簡単に挨拶を済ませ辞去した。

「僕はね。あいつ、もしかしたら莫迦《ばか》な実験をしたんじゃないかなって。そして見てはいけないものを見たんじゃないかって、思うことがあるんですよ」

現在、貫井さんの病院には笑気ガスは設置されていない。

忌み数

沼田《ぬまた》君は『1212』と連続する数字には近寄らないことにしている。

「伯父がホテルの火災で死んだのが13丁目18番。父は『か4655』の車にはねられて半身不随になりましたから……」

沼田家では代々、男子が産まれると御七夜に双六《すごろく》をする。

双六といってもサイコロを振らせるだけなのだが、そこで忌み数が決定されるという。

「いつから始まったのか知りませんがウチの沼田の者は、みなこれをします」

それでも小さな頃はそんなものを信じやしない。現に彼の伯父はわざわざその番地であることを確認して泊まったのである。

「父はそんな伯父を莫迦な奴だといっていましたが、父のように用心していても向こうから来る場合もありますから、天命に近いものがありますよね」

それでも、忌み数に従うか否かを決断させられる人生の岐路のようなものは、思春期前後に訪れるようだと沼田君はいう。

「僕の場合は切符でした」

当時、高校生だった彼は自宅から私鉄を使っていたのだが、その日はたまたま具合が悪く、様子を見て出かけた。

「いつものように出かける直前になってお腹が痛くなりました」

母はその様子を見てひと言。

「今日は忌み数を絶対に避けなさい」

と、だけ告げた。

既に父の事故後であったせいか目には非常に切実なものがあった。

駅に向かうバスのなかで電車の定期を家に忘れてきてしまったのに気づいた。

仕方なく切符を買うと偶然、中学の同級生に会った。

「ひさしぶり！」

「おお！」

彼も遅刻したそうで、ふたりは一緒にホームに下りていった。

やがて電車が入って来たので乗り込もうとした瞬間、沼田君は無意識に切符を取り出していた。切符の頭に『１２１２』という忌み数が並んでいた。

「おい、どうした？」

立ち止まった沼田君に友達が声をかけた。

「う、うん」

ふたりは電車に乗った。

「どうしたんだよ」

「ちょっとな」

車両には人が後から後から乗り込んできた。

『忌み数を絶対に避けなさい』

母の声が耳元で囁《ささや》いた。

「あ！　すみません！　ごめんなさい！」

とっさに沼田君は人混みを掻《か》き分けると、閉まるドアの隙間からホームへと転がった。

『はい！　危ないですから！　無理な乗り降りはご遠慮ください！』

駅員の怒鳴り声がホームに響いた。

彼は窓から、キョトンとした顔の友人を見送りながらひとりホームに残った。

「それで一旦《いったん》、駅を出て切符を買い直してから電車に乗りました」

すると電車は十分後に完全にとまってしまった。先発電車が脱線してきた対向車両にぶつけられ運行不能となったのである。

その夜、あの友人から興奮しきった口調で電話があった。

「友達はその手前で降りていたから無事だったんですけれど、僕ならアウトでした」

座席が無惨に抉《えぐ》り取られたのは、まさに彼らが乗り込んだ車両だったという。

「以後、忌み数は僕の生活の大きな中心になりました。だいぶ慣れましたけれど難しいのは毎日二回訪れる十二時十二分を、どう過ごすかですね」

彼は外出している時、その時間は今いる場所を動かず、周囲に落下物や突っ込んでくるものや危険人物がいないかと目を凝らす。

当然、十二月十二日は外出せず、ひたすら無事を祈って家族と過ごすという。

ハカナメ

「ヒロコちゃんて呼んでたんだけどね」

玉城《たまき》さんは小学校の時、『念力分け』をして貰《もら》おうとしたことがある。

「念力分けっていうのは読んで字のごとしなの」

ヒロコちゃんは夏休みが終わると突然、スプーンが曲がるようになっていた。

「もともと根が暗くていじめられっ子だったから。何かやって見返したいっていう気持ちがそうさせたんじゃないかと、みんな信じてたわ」

ヒロコちゃんは望まれるとどこでもスプーンを曲げて見せた。

理科の時間には先生がリクエストすることもあった。

「彼女はそのおかげでいじめられなくなったの」

玉城さんはヒロコちゃんがいじめられる前から友達だった。

「家が近かったこともあったけど、話してみると優しい子だったの」

しかし、彼女がクラスの人気者になるにつれ、ふたりが遊ぶことは少なくなってきた。そんなある日、たまたまひとりで下校しているとヒロコちゃんがやってきた。

「ねえ、タマちゃん。念力分けたげよっか？」

「どういうこと」

「私ねえ。いつも神様にお願いしていたのよ。みんなにいじめられないようにしてください。友達がびっくりするような力を下さいって。そしたら黒い人が出てきて……」

方法を教えてくれたのだという。

「欲しい？」

「うん」

「絶対に誰にも言っちゃだめだよ」

「うん」

ふたりは指切りするとヒロコちゃんの案内で、あるお寺にやってきた。

「これだよ」

ヒロコちゃんは裏にある墓地に玉城さんを誘うと、ひとつの小さな石を指差した。

それは子供の膝《ひざ》ほどの大きさの古い墓石だった。

「これをね」

ヒロコちゃんは屈《かが》むと角をぺろりぺろりと舐《な》めた。

「こうすると念力がつくのよ」

玉城さんは躊躇《ちゅうちょ》した。墓は苔《こけ》むしていて、あちらこちらが黴《か》びたように変色していた。接地面からは雑草が、割れた隙間に入り込んでいた。とても古い墓石で、彫りつけてあるはずの文字も消えてしまっていた。

「ほんとに舐めるの」

「舐めないとだめだよ」

玉城さんは屈んだ。舌を石に擦りつけようとしたが強烈な悪臭が鼻をついた。

「ごめん！ わたしできない」

そういうとヒロコちゃんを置いて駆け出してしまった。

翌日からヒロコちゃんは玉城さんを避けるようになった。避けるというよりも毛嫌いしているように感じられた。

「ヒロコちゃんはますます人気者になっていくのに私はなんだかクラスののけ者にされていくみたいで……」

現に筆箱や体操服にいたずらをされるようになった。哀しい顔をしていると、いつも睨《にら》むようにしているヒロコちゃんと目があった。

そんなある日、玉城さんは自分も墓を舐めてみようと決心した。ひとりで寺に行くとあの墓石を見つけ、目をつぶって舌を出した。

「こら！」

突然のことに尻餅《しりもち》をつくと、年取ったお坊さんが本堂の脇に立っていた。

「そんなものを舐めて、祟《たた》られるぞ。それは罪人の無縁墓じゃ」

和尚の怒鳴り声を背中に聞きながら玉城さんは寺を後にした。

ヒロコちゃんが給食を取らなくなったのは数日後のことだった。それから彼女は日ごとに痩《や》せ始めた。

「変な味がするの」

ヒロコちゃんは玉城さんにそう告げた。

「それに最近は舐めてもパワーが戻らないし」

「え。一回じゃないの」

「パワーを補給しないとだめなの。でも、最近はだめなんだ。一生懸命、舐めてるんだけど。なんでかなあ」

「やめた方が良いよ。あれ毒だよ」

「そうかなぁ。でも、やめたら前よりもいじめられると思うから……」

そのうちヒロコちゃんの周りで妙な噂がたつようになった。

厭《いや》な臭いがするというのである。

「舌が黒く変色していたんです」

ヒロコちゃんはそれを隠して登校していたが、ある時、具合が悪いと給食を取らずに保健室に走っていった。

気になった玉城さんが様子を見に追うと、誰も来ていないと保健師さんにいわれた。

「ヒロコちゃんは、飼育小屋の裏にいました」

彼女は鳥や兎の糞尿《ふんにょう》で汚れた土をすくっては口に入れ、もぐもぐと飲み下していた。

玉城さんはあまりのことに声もかけられずに戻ってきた。

数日後、ヒロコちゃんは授業中に吐血し、そのまま入院した。

小さな机の周りに血だまりができ、そのなかに変色した舌の破片がいくつも沈んでいた。

「結局、それきり転校してしまったんです」

玉城さんは、ほーっと長い息を吐くと俯《うつむ》いた。

口不浄

「クチフジョー？」

そう聞き返した。

「うん」

翁長《おなが》さんは軽く頷《うなず》いてみせたが目は笑っていなかった。

「親がすごく信頼している神道系の先生がいるんだけど、きっかけになったのがそれなの」

翁長さんの家は親兄弟姉妹含めて七人の大所帯。お父さんは朝から晩まで家族を支えるために大車輪で働き、お母さんは翁長さんを始め、幼い子供たちの世話で、てんてこ舞いの日々だったという。

「本当に忙しくて私も小さいうちから家の手伝いや兄弟の世話をしてたけど」

お父さんの口癖は「子は宝」。大変だったけれど幸せな家庭だったという。

「……子供のいうことに、お気を付けなさい」

ある日、近所にある神社の帰り、お母さんは物陰からそう声をかけられた。和装の女性がいた。

「会ったこともない人だったけれど」

厭な気はしなかった。逆に「はい」と妙に納得した返事をしていたという。

女性はそれを聞くとほっと安心したように微笑んで、入れ違いに本殿へと去っていった。

「もともとお母さんは神社に行くような人ではなかったのね。なのにそのときだけは、なんとなく足が向かってしまったらしいの」

帰路、お母さんは不思議な女性の言葉に思いを巡らせていたが、玄関から溢《あふ》れてくる子供たちの歓声を耳にした途端、また日常に引き戻されてしまったのだという。

『じゅうえんちゅうちゅう』

みっつになる次男が口走り始めた。

「それ、どういうこと?」

タケがおかしなことというとお母さんがいうので、翁長さんも弟になんのことかと訊《たず》ねてみるのだが要領を得ない。

「そんな歌詞の唄《うた》もないしね。誰も教えたことなかったの」

「じゅうえんちゅうちゅうじゅうえんちゅうちゅうじゅうえんちゅうちゅう」

本人はニコニコしながら怪獣遊びの最中や風呂《ふろ》場でまくしたてた。

そんなある日の夕方、お母さんは幼い子供を連れて買い物へ出かけたのだが初めに入った八百屋で財布のないことに気づいた。

「あら！　ごめんなさい」

とっさにお母さんはエプロンのポケットに手を当てる。その一瞬、幼いタケの手を離してしまった。

彼はとっとっとっとっと車道へ駆け出し、目の前で突っ込んできたトラックに撥《は》ね飛《と》ばされてしまった。

ばうん！

「うわあ！」

悲鳴をあげたお母さんはタケに近寄ったが、既に血が道路に溜《た》まっていた。

「母はとっさに弟を抱きかかえると、混乱してたんでしょう」

お母さんは自ら救急車を呼ばなくてはならないと、血塗《まみ》れになった息子を胸に
「十円！　十円！　貸してぇ！」

と、八百屋や他の店先を歩き回り始めた。

「救急車！　救急車！　十円！　救急車！　十円！」

その姿を見かねた人が落ち着くように話しかけるとお母さんの興奮はおさまり、その場に座り込んだ。

救急車が到着するまでお母さんはタケを抱き続けた。乗り込むとすぐに車内で応急処置が開始された。お母さんはそばで声をかけ続けることしかできなかった。

病院に到着し、息子が入っていった手術室の前でしばらく呆然《ぼうぜん》としていると突然、夫に連絡しなくてはと我に返った。

しかし、財布がなかった。

目前を忙《せわ》し気に行き来する看護師に頼んでみようと思った途端、手術室から出てきた救急隊員がお母さんに何かを手渡した。

血塗れの十円玉だった。

「意識ありますから。これ渡してくれって、じゅうえんちゅうちゅうって呂律《ろれつ》は回ってましたから大丈夫ですよ」

隊員は出血の割には大事に至らないのではないかという医師の所見を告げた。

お母さんは初めて声をあげて泣いた。

「口不浄っていうのよ。小さい子の口を借りて神様が災厄を教えてくれるの……」

暫《しばら》く経ってからお母さんは町で偶然、先の女性と出会った。手短に事故の件を説明すると彼女は静かにそう呟《つぶや》き、もし何かあったら相談にいらっしゃいと言い残したという。

二十八年目の回帰

阿部《あべ》さんのお父さんは先日、刑事を定年退職した。

「そりゃ、いろいろと変わった人間を見てきたよ」そう前置きしながら「古い話しかできないけれど……いいかい」と口を開いた。

ある日、署に暴行の現行犯でひとりの青年が連行されてきた。夏のことであったので半袖《はんそで》シャツを着ていたのだが、その胸元は血で真っ赤になっている。聞くと殆《ほとん》どが被害者のものだという。

……これは、ひどいな。

阿部さんはひと目見て被害者の怪我がかなりのものだと覚った。

同僚たちが警官から青年を引き取ると取調室に入った。

入口受付のベンチに、同じようにシャツに血をつけた若い女性が力なく座っている。

あの青年の知り合いだという。

「彼氏?」

「来月、結婚するんです……」

彼女は溜息《ためいき》をつき、うなだれてしまった。

「何かトラブルがあったのかな」

「わかりません……。ただ交差点で信号待ちしていただけだったので」

彼女の話では彼は信号待ちをしているときに様子が変わってしまったのだという。

「あんなことする人ではないんです。乱暴なところなんかひとつもないし、とても大人しくて優しい人なのに……。突然、信号が青に変わったら駆け出していって、その男の人を殴り始めたんです」

まるで人が変わったように彼はその中年男に飛びかかると、駆けつけた警官に引き離されるまで殴りつけたのだという。

するとと取調室から同僚が顔を出した。

「妙なんだな……」と、首を傾げている。

「どうしたんだ」

「やっこさん、全然、被害者に面識がないっていうんですよ。知らないって。会ったことも見たこともないって」

「そんな……」

「もうすぐ病院から被害者の身元照会が来るはずだから」

「暫くすると病院へ向かっていた仲間から連絡があったんだ。被害者を逮捕したってね」

男は鞄《かばん》のなかに覚醒《かくせい》剤を所持していた。

「本人も気がついて驚いたらしい。いきなり殴りつけられて警察病院だからね」

調べてみるとその男はかなりの札付きだということが判明した。

「歳は五十手前なんだが、あっちこっちでチンケなショッパイ山に手を出しては失敗し、ムショにブチこまれを繰り返す常習だったんだな。そのときも組からチョボチョボ、ヤクを分けて貰《もら》って売人やってたんだから殴られて当然といえば当然なんだが……」

青年がなぜ殴りかかったのかという動機に関しては全く解明されなかった。

「とにかく殴った本人が、わからないとしかいわないんだ」

それは決して何かを隠しているといった様子ではなかったという。

「そういうとこに関しては鼻が利くからね。あの青年はそういう気配は微塵《みじん》もなかった」

取調室でも茫然《ぼうぜん》としていた。

「気がついたら殴りかかっていて軀《からだ》が勝手に動いたっていうんだ」

被害者が覚せい剤取締法違反で現行犯逮捕されたこととその前歴、さらに加害青年の身元がしっかりしていたことと犯歴がなかったことなどから傷害事件は不起訴となった。

「彼女が身元引受人になったんで、彼もその日のうちに帰したんだ」

その後、暴力団担当の刑事から男が有罪になったことなどを知らされた。

その際、妙なことを聞いた。

「なあ、俺は奴の前科を洗ったんだが、これがどうしようもない男でね。こっちに上京してくる前から故郷でもいざこざ起こして逐電してやがる札付きだったんだ……でな」

「うん」

「奴は二十歳の頃、故郷の隣町で強盗事件を起こして一度、ぶち込まれてるんだよ」

「うん」

「旦那《だんな》の留守の家に上がり込んでカミさんを脅して金品を盗んだんだ。額は大したことなかったが、餓鬼の癖にカミさんを縛り上げてから強姦《ごうかん》したんだよ。夜半から明け方まで居残ってやってたらしい……」

「とんでもねえ野郎だ」

「被害者の苗字《みょうじ》が遠馬《とうま》っていうんだ」

阿部さんは「あっ」と声をあげた。

「だろう……。珍しい苗字だからな。調べたら、あの一帯にしかないんだよ。この苗字は」

「で？」

「可哀想にカミさんにはその頃、生まれて半年になる息子がいたんだ。奴はその前で犯行に及んでいたらしい……」

青年の苗字も遠馬といった。

「名前も調べたよ。そのときの赤ん坊が彼だ」

「俺も仲間も、もう一度、本人に確かめようとは思わなかった。きっと本人にもわからない部分で彼は母親の仇《かたき》を討ったんだろう」

阿部さんは何度も頷《うなず》いてみせた。

怖いから……。

「エレベーターで乗り合わせたのが初めだったかな？　すごくきれいな人だったから覚えていたんです」

國村《くにむら》さんは上京して間もない頃、住んでいたマンションでの出来事を話してくれた。

「六月に入った頃でした。帰宅すると玄関に救急車が停まって、人だかりがしてるんです。わたし、そういうの見るの苦手なんでさっさと自分の部屋に戻ろうとしたんですよね」

すると自分の部屋のある廊下にも警官やマンションの住人が集まっていた。その階には彼女の部屋を含め四部屋しかなかった。彼女は自室に戻ると部屋に籠《こ》もった。

厭《いや》な感じがしていた。

午後十一時頃、コンビニに出かけた。もう廊下に人気はなく、普段の様子に戻っていた。買い物を終え、戻ってくると丁度、エレベーターが閉まるところだった。

「すみません！」

声をかけるとエレベーターが開いた。

あの女性が立っていた。

「大変でしたよね……」

ぽつりと彼女が呟《つぶや》いた。

「え？」

「あの部屋。厭になっちゃう……。私の隣なんです」

いかにも困ったというような声をあげた。

「わたし、よく知らないんです。怖いから、すぐ部屋に戻ってしまって」

「そう。……人が死んだんですって。自殺」

「やっぱり。救急車、停まっていたから……」

「男の人でしたけど……住んでいたの」

「私……二三回、見たことあるけど」

「困るわ。わたし」

「困る？」

「薄気味が悪くて……」

彼女は憂鬱《ゆううつ》そうに呟いた。

國村さんは部屋に戻り、ぼんやりテレビを眺めて過ごした。そしてトイレに立った帰り、何となくドアスコープを覗《のぞ》いたのだという。

あの自殺部屋の男がいた。

蒼白《あおじろ》い顔のまま真横を向き、どんよりした目で遠くを見ていた。

思わず声が漏れそうになるがなんとか押し殺し、もう一度、確認すると男は消えていた。

「なんだろう。今のって……。すごく混乱したのを覚えてる。すごく生々しい。本当にそこにいる感じだったから……」

シャワーを諦《あきら》め、着替えようと思った。部屋のあちこちの暗がりが突然、気になり始めた。電気を点《つ》けて寝るのはもちろんだが寝ている間に消えていたら……。いろいろ想像すると鳥肌がわいてきた。

トントン……。

突然の音に心臓が破裂するかと思った。

ドアが静かにノックされていた。スコープを見るとエレベーターの女性が立っていた。

「どうしました」

安堵《あんど》の溜息《ためいき》が漏れた。

「すっごく失礼なお願いなんだけれど。今晩、泊めて貰えないかしら。部屋の端で良いから怖いから……。

いの。どうしても隣のことが気になって怖くて……」

彼女は心底、怯《おび》えているように見えた。

「正直、助かったっていう気持ちでした。自分もあのままでは絶対に眠れなかったし……」

國村さんは女性を招き入れると客用の蒲団《ふとん》を床に敷いた。

女性は某化粧品会社に勤めているのだといった。話してみると、つんとした感じはなく、疲れて見えるが明るい気さくな人だった。

「だんだん話しているうちにお姉さんに相談するみたいになってきて……」

小一時間も話すうちに、ふたりは打ち解けてきた。

と、その時、「あっ」と彼女が頭を抱えた。

「どうしたの」

「また……来てる……あれ」

彼女は怖ろしそうにドアを見つめた。

「なに？」

その問いに彼女は答えなかった。

寝室からドアは丸見えだった。

國村さんはゆっくり立ち上がり、ドアに向かおうとした。すると彼女は引き留めようと手を摑《つか》んできた。

「よして」

「だってこのままのほうが怖いもの」

「入ってくるかも」

その言葉を無視して國村さんはキッチンを横切るとドアスコープを覗いた。

暗い廊下の灯《あか》りの下、あの部屋の男が真っ正面を向いて立っていた。

ゆっくり口が動いた。

『……せん……』

國村さんはドアスコープから目が離せなかった。

『すみません……』

男はそういうといきなり向こう側からドアスコープに目を当ててきた。

「きゃー！」

思わず悲鳴をあげると、男はドアを叩《たた》いていた。

「あ、すみません！　ちょっと開けてください！　お願いします！」

「え？　人間？」

男の声に拍子抜けしたが開ける気はしない。

「なに？　なんなの？」

「お財布、落ちてますけど」

「は？」

「ここに。ドアのとこに」

「よく見せて！　見せなさいよ。見えるとこに」

男はドアスコープに財布を持ち上げた。

自分のものだった。

「あ、ごめんなさい」

國村さんはドアチェーンをかけ、細めに開けて受け取り、礼をいった。

男も一礼すると妙なことを口走った。

「今日、いろいろ迷惑かけてすみませんでした。俺、明日《あした》にでも引っ越しますから……」

「何があったんですか」

「俺、隣の部屋の子と付き合ってたんだけど、いろいろ揉《も》めて……。それで彼女、俺の部屋で死んだんです……自殺です。すみませんでした」

その言葉に國村さんは寝室を振り向いた。

客用蒲団のそばには誰もいなかった。

彼女は悲鳴をあげるとドアチェーンを開け、外に飛び出した。

「その晩はファミレスに朝までいました」

本当に本当に生きている人のようだったと國村さんは力説した。

「あの子が高校生の時です」

菱沼《ひしぬま》さんは十五年ほど前にご主人を亡くしてからは女手ひとつで男女ふたりの子供を育て上げた。

「お金の苦労は覚悟していたから、それほど辛《つら》くはなかったけれど。多感な時期に父親を亡くした子供たちのことを思うとねぇ……」

長女は十六になったばかり、長男は十三歳、菱沼さんがいうように難しい年頃だった。

「それでも子供たちも気丈に振る舞っていたのね。ひと月経ち、ふた月経ち、半年……。一周忌を過ぎたあたりだったわ」

娘さんが不意に妙なことをいい出した。

「おかあさん……。池を直して欲しいって」

明け方、新聞配達に出かける彼女に娘さんはそう声をかけてきた。

「その当時はアパートの二階で暮らしていたので池なんかないし、なんの話をしてるんだろうって……」

寝惚《ねぼ》けたのだと放っておいた。

ところが娘さんは翌日も「池を直して欲しい」と告げに来た。

「あんた寝惚けてるんじゃないの」

夕方、学校から戻ってきた娘さんに問い質《ただ》すと本人は小首を傾げた。

「何の話?」

菱沼さんが説明すると、

「うーん。そんなこと言った気がするけど」

と、本人も要領を得ないようだった。

娘さんは三日続けて起き出してきた。

「それだけ告げるとまた寝てしまうから……こっちは気にもしていなかったんだけれど」

遂に夜中に大声でうなされだした。

「池! 池! って狂ったみたいに叫んだの」

驚いた菱沼さんが娘さんの軀《からだ》を揺さぶり起こすと彼女はハッと目を開け、

「あ、かあさん……」と再び、寝入ってしまった。

「翌日、訊《たず》ねてみると気味悪い男にお腹のなかを探られる夢を見たっていうんです」

黒いゴムのような男がベトベトした手をお腹のなかにずぶずぶと埋め『殺生なり殺生なり』と掻《か》き混ぜたのだという。

ふた月後、娘さんの様子がおかしくなった。

「お腹が膨らんでしまったんです」

生理が止まっていた。

菱沼さんは、まさかあの子に限ってと確信していたが変な病気になっていては大変だとすぐ婦人科を受診させた。

結果は白。妊娠ではなかった。

しかし、本人の腹部は日に日に大きくなっていった。超音波検診でも中身はなかった。

「それなのに食べたものを吐いたり……。炊きたての米の臭いがだめになったり。まるで本当の悪阻《つわり》みたいになってきて……」

数回、通って下りた診断は『想像妊娠』。総合病院の心療内科の受診を勧められた。

「言われるままに紹介先の病院にも通ったんですが、良くならなくて」

正直、手は尽くしたという感じで医師からも長くかかるかもしれないので、とにかく経過を見てくださいと宣告されてしまったという。

「娘もすっかり性格が暗くなってしまって」

ある時、娘さんの部屋の窓を開けると真下に隣家の敷地が見えた。植え込みの端に浅い穴が開いていた。

妙に気になった菱沼さんは階下へ降りると垣根の隙間から穴を覗《のぞ》き込んだ。

「池の痕《あと》でした」

どういうつもりなのかは知らないが池の格好を造ったまま、それは放置されていた。

「バリバリに乾いた土のなか、いくつもの魚が干《ひ》涸《か》らびたままミイラになっていたんです」

たぶん入れた水が何かの弾みで地面に抜けてしまったのだろう。隣家では対策を講ずることもなく、ただ野ざらしに放ったのである。

「薄気味が悪くなりました」

さて、そんな気がかりな状態が続いていたある夜、目を覚ますと娘さんが立っていた。

「どうしたの」

「かあさん……なんか、出た」

「出たって？」

娘さんはそれには答えず、ただ黙ってトイレのほうを振り返った。

菱沼さんはトイレに入って驚いた。

「便器のなかが真っ赤になってるんです」

「あんた大丈夫なの」

黙って後ろについてきていた娘に問うと「うん」と頷《うなず》いた。

お腹が萎《しぼ》んだように見えたので取り敢《あ》えず電気を点《つ》け、点検するとやはり、お腹は皮膚が伸びた分、皺々《しわしわ》ながら元に戻っていた。

「気分は？　痛いとこはないの」

「大丈夫」

「明日、医者へ行くんだよ」

するとと娘さんはトイレからガラスのコップを持ってきた。何かが入っていた。白っぽい水のなかに、小さな人間みたいなものが浮いていたという。

「何よ、これ」

「吐いたら便器のなかに落ちたの。汚いと思ったけど……珍しいから掬《すく》ったの」

大きさは五センチほど、全体が白く半透明で下半身は赤くひとつにくっついていたという。コップのなか、それはゆっくりと動いた。

「なんだろう。なんだと思う」

「いいから、とにかく少し寝なさい」

菱沼さんはそれをテーブルの上に置くと娘さんを着替えさせ、再び眠った。

翌朝、テーブルにコップはまだ載っていた。

あの生き物も泳いでいたという。

菱沼さんに続いて起きてきた娘さんがテーブルのコップに近寄ると、

「これなんだろう」といいながら持ち上げ、珍しそうに見つめた。

「着替えてしまいなさいよ」

「はーい」

娘の元気そうな姿にホッとしたのも束の間、「あーっ」という短い悲鳴が聞こえた。

「どうしたの？」

慌てて駆け寄ると娘さんは朝日の差し込む窓辺でコップを手にしゃがみ込んでいた。

「どうしたの」

「溶けちゃった……溶けちゃったよ、アレ」

見るとコップのなかには濁り水だけだった。

「なんでも娘の話だと、もっとよく見ようと陽に透かした途端、ふわーッとサイダーみたいに泡が沸いて溶け崩れてしまったというんです。なんだったんでしょうね……あれ」

今では娘さんも元気な二児の母だという。

四日間

嵯峨野《さがの》さんの特養ホームに、ある老人がいた。

彼は生まれつき知的障害がある上に盲目だった。

「身上書では八つのときには既に施設に預けられていたんだ」

彼はなんの身よりもないまま、ただひっそりと生き、暮らし、老人となった。

嵯峨野さんのホームに送られてきたときには昏睡《こんすい》状態だったという。

「前の老人ホームで倒れたらしいんだけど……。普通の病院で保険診療期間が過ぎてしまったのと症状が安定期に入ったと判断されたので、こちらに廻《まわ》されたんですね。事実上、放り出されたんです」

老人の荷物は文字通り、小さな鞄《かばん》ひとつだった。

「下着と洗面用具、障害者手帳とラジオ。それと写真が二枚」

写真はかなり古く、モノクロがセピア色に退色していた。あちこちに折り目がついているのをセロテープで補強してあった。

「一枚は路地で子供が並んでいるもの。ひとつは洋装でパーマをかけた女性のポートレートらしきものでした」

目の見えない彼が大事にしていたものが写真だったという事実は強く印象に残っていたと嵯峨野さんはいった。

老人がホームにやってきて半年ほど経ったとき、当直の看護師から連絡が入った。

「意識が戻ったというんですね。行くと本当にベッドの上に起きあがっていたんです」

老人はたどたどしい口調ではあったが自分の姓名をいい、見当識もしっかりしているように見えた。

「たまに昏睡から目覚める人はいるんですけれど、あまり長くは続かないのが普通なんです。もともと原因となっている体内環境因子に変化がないわけですから一時的に戻っても、また意識不明になるということはよくあるんです。老人という、体力的にも無理の利かない年齢でもありますしね」

元気を取り戻した彼は画用紙と黒のクレヨンをねだった。

「目も見えないのに何を描くんだと、みな笑ってましたが、それでも本人の気の済むようにさせてあげようと画用紙帖《ちょう》を何冊か渡しました」

老人は受け取ると「ありあと」と述べ、後は一心不乱にクレヨンを走らせ続けた。

「朝から晩まで描いてるんですよ」

担当の看護師が呆《あき》れたような声を出した。

「描くって、彼は生まれつき見えないんだよ。何を描くっていうんだろう」

「それがてんでわかりません」

嵯峨野さんも老人の絵を見にいった。

「本当にただの熱心な殴り描きにしか見えなくて……。画用紙全体を真っ黒に塗るとか、多少隙間はあるけれど、やはり真っ黒が多いとか……」

抽象画ともいえない、単に黒い情熱をぶつけた線だけが濃密に白い紙を埋めている……そんな印象の絵だった。

「起きてる限り描き続けるから、かなりの量になっていった。そして……」

覚醒《かくせい》して四日目。老人は再び昏睡した。

「休みを入れるようにはしていたんだけれど……。軀《からだ》がもたなかったんだろうね。看護師が振り向くとぱったりと画用紙をベッドに落として、斜めに崩れていたらしい」

結局、老人はそれからひと月ほどして亡くなってしまった。

老人は献体希望だったので該当大学に連絡するとすぐに引き取りがあった。

「献体はね。全て大学のほうでやってくれるから……」

残ったのはあの小さな荷物鞄と膨大な量の黒の落書きだけだった。

「段ボール箱満杯なぐらいはあったね。まあ安い画用紙とクレヨンだから費用は大したことなかったけれど」

当然、焼却しようということになった。

嵯峨野さんは腑《ふ》に落ちないものを感じていた。あの間際、老人はなぜ意味のない落書きに執念を燃やしたのか？

それが解せなかった。

処分する役を買って出たのも何かわかるかと思ったからだという。

「それでもやっぱりわからない。実物を目の前にしてもただの黒い落書きなんだ。パターンがあるようにも見えるけれど、結局は何の意味も浮かんでこない」

炉にくべながら焼け縮れ、灰と化していく絵を眺めていた。

と、そのとき、風が吹いて傍らの落書きを吹き飛ばしたという。

慌ててスタッフと拾い集めたが、その瞬間、嵯峨野さんは奇妙な勘に打たれた。

「おい、ちょっと待ってくれ」

彼はスタッフに声をかけると散らばった紙をそのままにさせた。

勘が騒いでいた。

「悪いけれど、これ全部、出してみてくれないか」

嵯峨野さんは段ボールに詰まった紙を全て地面に拡げた。

「もっともっと拡げてくれ。うん。そっちはちょっと固めて」

怪訝《けげん》な顔をしながら指示に従っていたスタッフも嵯峨野さんがある一角に紙を固めた瞬間、「あっ」と声をあげた。

それは合計九枚の塊だった。

敷地のアスファルトの上に「瞳《ひとみ》」の一部が現れた。

「それとこれ」

「こっちとそっち」

スタッフも驚きつつ、走りまわった。

全て並べ終えるのに四時間かかった。

広い職員用の駐車場がほぼ一杯になった。

写真の女性がいた。洋装のパーマをあてた巨大なポートレートが再現された。

「あれは母親だったのかも知れませんね」

嵯峨野さんはぽつりと呟《つぶや》いた。

麻酔二題

「突然、お医者さんが訊《き》くの。どっちにしますかって」

柑子《こうじ》さんは昨年、突然の腹痛に近所の総合病院を受診した。

その後、検査の結果、手術の要ありとのことで術前のカンファレンスを医師から受けた。すると医師が麻酔にリクエストがあるかと訊《たず》ねてきたという。

「お医者がいうには局所麻酔なんだけど、その作用の加減が決められるらしいのね」

麻酔のメニューは『ぼんやり』『ばりばり』『ぐっすり』だった。

「ぼんやりは、夢うつつのなかの手術。ばりばりは完全に目覚めている状態。ぐっすりは文字通りに熟睡してるということ」

柑子さんは迷った。目が覚めながらお腹を開けられるというのも……。

「どんな感じなんだろう……」

と興味が湧いたが結局は真ん中の『ぼんやり』を選んだという。

やっぱり、ちょっと怖かったのである。

手術自体は実に順調に終わった。

う。
リクエストの効果は抜群で、まさに『春、麗《うら》らかな日の微睡《まどろ》み』が再現されたとい

「私、高校のとき、席が窓際になることが多かったのね。そうすると五月の中頃なんか、もう学校にうつらうつらしに行ってるようなもので。あの感覚が完全に再現されてたのね」

後はお腹が隣の部屋から紐《ひも》でくいくいと、たまに引っ張られているような感じがしただけ。怖くも痛くも辛《つら》くもなかった。

午後に始まった手術は小一時間で済み、夕方には回復室から出ることができた。

「ひと晩は腰から下の感覚が戻らないからね」

医師はにこにこ、そう告げた。

いつのまにか真夜中になっていた。彼女は真っ暗な個室でひとり横になっていた。ベッドに寝ているのに腰から下は何も感じない。足がトローリとろけてマットレスに溶け込んでいるようだった。

「試しに足を踏ん張ったりもするんだけれど、その力もどこか違う次元に吸収されるみたいにスカーッと抜けてしまうの」

左手に点滴。足はどんどん溶け続けていったので、たまに触って確かめた。

「でないと食べかけの千歳飴《ちとせあめ》みたいに細くでろでろになっちゃってるような気がし

て」

しーんと静まり返った病棟で自分の腕に繋《つな》がっている点滴のチューブを見ていると、ふいに哀しくなり理由もわからず涙がぽろりぽろり溢《あふ》れてはこぼれた。これから先のこと、数日とはいえ止めてきた仕事への影響。手術による身体の変化。そんなもろもろのことが一気に不安に思えてきた。そんな彼女が「ほー」と溜息《ためいき》をついた途端、ぐいと身を擦《こす》りつけてきたものがあった。

「なに？」

彼女は顔を巡らした。

しかし、姿は見えなかった。

「でも確実に点滴をしている左手と身体の隙間にそれは来たの。はっきりわかった」

温かく、それの毛足の長さまでが感じられた。それは彼女の邪魔にならないように、それでいてしっかり『ここにいるよ』と教えるように狭い空間にうまくはまっていた。

じわっと胸の奥から懐かしさと安心感が溢れてきた。

猫ぐらいの大きさ。

「その瞬間、あ、ラッキーだと思ったのね」

彼女は十年ほど前に亡くした愛犬だとわかった。毛足の長い洋犬。

「うちに来たばかりの姿だと思った。まだ子犬のときのね」

ラッキーはひと晩中、彼女に寄り添ってくれていたという。

「朝までに何度か目を覚ましたんだけど、その度にラッキーは必ずいて。きっと応援しに来てくれたんだと思う。嬉《うれ》しかったな」

その後、無事仕事に復帰した彼女は今でもそのときのことは忘れないといった。

※　※　※

「全麻、つまり全身麻酔の難しさは、もちろん医学的には術中の管理に尽きるのですけれど。患者さん御本人にとってはむしろ覚醒《かくせい》時にあるといっても良いんです」

広井《ひろい》さんはある総合病院に麻酔医として勤めている。

「とにかく口では言い表せないみたいなんですが、二十人に一人は錯乱します」

ゆえに患者本人にも知られないように、手術室から回復室に移送されたときにはベルトで拘束するのだという。

「意識が戻る時間はだいたい摑《つか》めていますから、様子を見て大丈夫なようなら声をかけてベルトを外します」

そして再度、本人が落ち着いているのを確認して家族を呼び入れるのだという。

「錯乱の原因として考えられるのは、全身のスイッチがＯＦＦにされている状態から覚醒時にはそれらがONになる、その瞬間、全身の五感と意識がズレるようなんですね」

突然、笑い出す、喚《わめ》く、身体を捩《よじ》って暴れる、暴言を吐くなどは既に広井さんにとって見慣れた光景だという。

「老若男女問わずですよ。仕事も貧富も何にも関係ない」

なかには腸閉塞《ちょうへいそく》で手術した品の良い良家のお婆さんが突然、看護師に唾《つば》を吐きかけ、四文字禁句を連呼するというケースもあった。

「仕方ないんですよ。人間が世間に生きている以上、どうしても世間の毒は流れ込んでいますし、醜い欲望だってみんな持っています。品や良心といったものはそれらを意識的に押し込んで生活するなかでできあがっているものですから、そのカバーが外れてしまうと本人にもどうしようもなくなってしまうのだと思います」

それほど達観した広井さんでも首を捻《ひね》らざるを得ないケースが、前に勤めていた総合病院であったという。

「まあ単に錯乱する患者の数が桁外《けたはず》れに多いというだけのことなんですけれどもね」

彼が行く前年、その病院は厚労省の助成金が下りたことで大幅な増改築を行った。

手術室やそれに伴う回復室なども最新鋭の設備と共に新たな場所に増設された。

「名前を聞けば誰でも知っている有名な病院ですからね。天下りも多いし、各界の名士もお忍びで検査にやってきますよ」

そして無事、全ての準備が整い業務が開始されてひと月ほど経った頃、看護師の間で、妙な噂が立つようになった。

「器材が役に立たなくなるというんです」

話を聞いてみると手術用に使う鉗子《かんし》や鋏《はさみ》、止血用クリップ、持針器、メスなどの備品がすぐだめになるという。

「それが汚れが落ちないとか使い込んでだめになるという状況じゃないんです」

あるとき、看護師が困り果てたといった顔でやってきた。手にした金属盆の上には手術道具が満載されていた。いずれもくの字、への字に曲がっていたという。

「それもちょっと捻った程度ではないんです。本当にひん曲がったっていうのが正しいぐらい……。鋏なんかが、どら焼きみたいにまともに畳まれているんです」

彼がどうしたのと聞くと、看護師はわかりませんとだけ呟《つぶや》いた。

「そういった備品類は通常、消毒庫のなかに入れられているんですが」

五分ほど目を離した隙に器具が台無しになっているのだという。もちろん、途中で誰かがいたずらしたのかとも考えたが時間的にも物理的にも何本もの鉗子や鋏を曲げて去ることは不可能であり、また外部から予《あらかじ》め持ち込むとしてもその短い間に全く目撃もされず行うことは無理だと思われた。

ただ病院でも事態を重く考え、現象の記録をとった。

「すると回復室にいた患者の覚醒と関係のあることがわかってきたんです」

全麻の患者がある種の錯乱症状を起こした日時と金属が曲がってしまう状況が不思議と一致したのだという。

場所柄、回復室と器材室は壁一枚で近い。

実際、回復室で全麻の患者が覚醒して喚き出したと思《おぼ》しき時刻にガチャガチャと消毒庫内で物のぶつかる音を聞いた者もいた。

異変発生リストに記載された患者には老人もいれば若者もいた。女性もいれば小さな男の子だった場合もあったという。

「但し、誰かの目前で起きたことはないので。我々医者はこう見えても自然科学者ですから、無闇とそういったことを念力とかオカルト的に考えることは生理的にしないのです」

ところがあるとき、別の妙な状況が起きたという。

ひとりの男性患者が覚醒時に錯乱した。

「偶然、僕が宿直だったので駆けつけました」

すると男は「抜いてくれ！　抜いてくれ！」としきりに叫んでいた。あまりに早口で捲《まく》し立てているのでとっさには理解できなかったが、どうやら本人は自分の右手が身体のなかに入ったのを抜いて欲しいと述べていた。

そんな莫迦《ばか》なことがあるはずもないと広井さんたちは鎮静剤を打って落ち着かせて男の身体をチェックした。すると確かに右手が血で真っ赤になっていた。

それを見た広井さんたちはゾッとした。

「見た瞬間に再手術だと思いました。きっとその場にいた誰もが、男が錯乱のあまり何らかの形で、自分の手術で開けた傷口に手を入れたと思ったでしょうから」

すぐに外科の担当医へ連絡が取られ、手術室に準備が入った。がしかし、確認してみると男の腹部の縫合に問題はなかった。ガーゼも止血帯もしっかりと安定していたのだという。広井さんは何度も男の血だらけの手と腹部を見返した。血は確かについているのだ。

当然、手術中に男の手に血がかかることなど考えられない。また彼が単独でどこかへ出かけて血を塗ってくることなどもありえないのだ。血はB型。男のものであったという。

後日、男から広井さんは詳しく話を聞いた。すると男は回復室で目が覚めた途端、自分の右手がぐいぐいと自分のなかに入りたがっているのを感じパニックになったのだと告げた。彼は自分の指先に内臓の温《ぬく》もりや、べとべとした感触もしっかりあったという。

「どちらにせよ、手には彼自身の血液がついていましたから……」

なんとも理屈のつかない事例であった。

「外科では何度か会議に話を提出しようとしたそうなんですが」

それでも内容が内容なので、つい言い出しそびれていたらしく、積極的に病院側から問題に介入しようという態度はなかった。

「ところがある日、中学一年生の女の子が手術を受け、回復室にいたのです」

バーンッと病棟が揺れるほどの衝撃があったという。

驚いて患者の安全を確認にいくと件《くだん》の女子中学生が回復室で半身を起こしていたという。看護師はその姿を見て言葉を失った。

「拘束用のベルトが千切れて床に落ちていたそうです」

それと隣接する手術室の無影灯が捻《ねじ》れていた。完全に上下逆さに向いていた。

取り替えに来た業者が捻れたアームを見て絶句していたという。

「それからようやく御祓《はら》いをするかというような話も出て」

連れてこられた霊媒師は増築した手術室と回復室の下が丁度、霊の『通り道』に当たると告げた。

「死霊よりも生き霊の方が力が強いのは当然です」

彼女は、さっそく場所を変えろと進言した。

また別に呼ばれてやってきた神主は、手術室と回復室の方角が悪いとも告げたという。

医師たちは途方に暮れてしまった。

「結局、どうしたのかは知りません。たぶん、まだそのままだろうと思います……」

広井さんは困ったような顔をした。

怖かったんだよ

船井《ふない》さんは幼い頃から『見える人』だった。

「子供の頃は本当に怖くてね。慣れるまでが大変だった」

両親と兄の四人家族。そういった経験は彼女しかなかった。

「だから怖い怖いって母親に抱きついていってもなかなか真剣に聞いて貰《もら》えなくて……」

それが辛《つら》かったと彼女はいう。

「家族のなかで自分だけ違うんだなって思うとねぇ」

話によるとお婆さんは所謂《いわゆる》、見える人だったらしい。

「隔世遺伝なんだね。なんて母は軽くいってたけど」

初めて見たのは幼稚園のとき。

「夕方、母親の買い物についていったんだけど、帰りに前を黒い人が歩いていたの。買い物カゴ提げた普通のおばさんみたいな格好だったんだけど黒っぽいのね。そこだけ日陰になってるみたいな」

変だなーと思いながら母親を見たが全く関係ないというように鼻歌を唄《うた》いながら歩いている。すると家の角に差し掛かったとき、ぐらりと前を行く人の頭が揺れ、そのまま、どさっと道に頭が落ちたのだという。

「顔は見えなかった。ただ黒い後頭部だけが道に西瓜《すいか》みたいに転がったの。それだけは今でも強烈に覚えている」

彼女は悲鳴をあげ、母親に抱きついたが、あまりまともに相手にされなかった。

「莫迦なこと言ってるんじゃないよ！　あっはっはっは、みたいな感じですごく淋《さび》しかった」

それ以来、彼女の周りでは妙なことが多くなった。

学校の窓から校庭を覗《のぞ》いていると国旗掲揚台の傍で白い大きな花が揺れているので見にいくと土から伸びている腕だったり、原っぱで遊んでいると不意に怖い顔の女の人に髪の毛をぐいと引かれて転ばされ、顔を上げるとその人は影も形もなかったり、風呂《ふろ》で髪を洗いながら、人の気配がするのでチラッと横を見ると湯船から目の辺りまで顔を出した人がジッと睨《にら》んでいたりと、とにかく枚挙にいとまがないほど『見てきた』のだという。

「高校ぐらいからかな、慣れたっていうか飽きてきたのは」

するとと相手もこちらがあまり怖がらなくなったので面白くなくなったのであろう、

あんまり登場しなくなったのだという。

そのうちに結婚し、子供ができた。女の子である。

「小さい頃からよく熱を出す子でね」

咳《せ》き込むことも多かったので喘息《ぜんそく》も疑われたが、長ずるにつれその兆候も消え、無事に育った。

先日、六つになった彼女とテレビを見ていたときのことであった。

CMに変わったとき、ふと横を見るとコンセントのなかから凄《すさ》まじい形相をした男がにゅーっと首を伸ばして船井さんに迫ったのだという。

「久しぶりだったのと、見ていたテレビがお笑いだったんで完全に油断してたのね」

腹の底がドーンと熱くなる、幽霊を見たときの厭《いや》な感じが甦《よみがえ》った。

男は船井さんと横に並んでいる娘をグワッと睨みつけたのだが、どうも出る所を間違えたらしく、一瞬、考え込むというか怯《ひる》むような顔つきになって、すぐコンセントのなかに引っ込んだ。

「ふー」

船井さんよりも先に娘が溜息《ためいき》をついた。見ると自分を振り返る瞳《ひとみ》に涙がいっぱい溜《た》まっていた。その瞬間、『あ、この子は見えるんだ』と彼女はピンときた。

不安そうに母親を見つめる娘に船井さんは「怖かったねぇ」と笑って抱き締めてみ

た。

するうと娘はうんうんと埋めた胸のなかで何度も頷《うなず》きながら、やがて「でも、おじさん。間違えてたよね」といった。

「そうだったね。あれ、ウチじゃなかったね」

「うん。びっくりしてたもんね」

ふたりは笑った。今でもたまに娘は部屋の隅などを緊張して見ているときがある。全部が全部、船井さんに見えるわけではないけれど、見えた彼女の不安はわかるから一緒になって怖がったり話を聞いてあげたりしているのだという。

なんとなく娘は小さい頃の自分よりも元気そうよと彼女は笑った。

忌梯子《いみばしご》

「もともと特別養護の老人ばかりだから、亡くなる人も普通の病院よりはウンと多いんだよ」

山崎《やまざき》さんは特養ホームの夜勤をしている。

彼の話では去年の秋頃、突然、バタバタとお年寄りが亡くなったのだという。

「二週間に六人。一気にバタバタ逝っちゃったんだ」

当然、老衰だと明らかな人もいたが、なかには昼間はぴんぴんしていたのに明け方に冷たくなっているのが発見されたというようなケースもあったらしい。

問題になったのは数だけではない。

「顔がさ。変なんだよ」

普通、特養の老人たちは寝たきりの人が殆《ほとん》どで意識のない人も多い。だから亡くなったときも表情はそのまま眠ったようになっているものだったが、その時期に亡くなった人に限っては『酷《ひど》い顔』をしていた。

「なんていうのかな、こう怖いっていう顔なんだよね。断末魔の叫びみたいな人もいたし。平生《へいぜい》の顔とあまりにも違うんで家族もびっくりしちゃって『何か虐待でもしてたんじゃないか』なんていう人もいてさ」

しかし、いくら調べてもそのような実態はなかった。

「当たり前だよ。誰もそんな暇な奴はいないもの」

寝たきりとはいえ手足が自由になる人も多く、認知症を患っている人などは、よくおむつのなかに手を入れてしまうのだという。

「翌日の申し渡しで叱られるんだよ。何号室の何々さん、指が汚れていましたって。そういうのはやっぱりちゃんと管理してあげないとね。本人もわからなくて、おむつのなかのを食べちゃうんだから……」

おむつ替えに褥瘡《じょくそう》防止の体勢変え、さらには意識のある患者からの呼び出し、歩ける人だと深夜も回廊を徘徊《はいかい》しているので彼らが転倒しないように、また疲れていそうだったら居室へと連れ戻す。話しかけられた場合にも時間の許す限り相手をしなければならない。

「とてもじゃないけれど、いたずらしてる暇はないよ。それに深夜はふたりだけだから相手が何をしているのかは丸わかりだし。昼間はスタッフ同士、目が行き届いているからね」

なぜ、彼らがあんな形相で次々と亡くなっていくのか皆目、見当がつかなかった。

だがある夜、看護師が妙なことに気づいた。

「亡くなっている人って病院の西側の部屋の人ばかりよねって言うんだよ」

その通りだった。

山崎さんは念のため建物の周囲を点検したのだという。すると丁度、病室のある辺りに見慣れない物が立てかけてあった。

梯子《はしご》の形をしていた。

「ただ形は梯子なんだけど真っ黒に塗られていて、紙で造られてるから使えないんだ」

彼はそれを取り外すと裏の焼却場の辺りに放りだしておいた。

翌日、古参の看護師が血相を変えて、焼却場の梯子は誰が持ってきたのかを問い質《ただ》したのだという。

山崎さんが自分ですと名乗りを上げ、事情を説明するとその看護師は無言で院長室に籠《こ》もってしまった。次の夜から建物の周囲の点検が仕事に増やされた。理由は単に、不審者による事故を防ぐ為。

ところが院内の噂がやがて山崎さんの耳にも届くようになった。

「あれって忌梯子っていって、この地域の呪術《じゅじゅつ》のひとつなんだって」

黒い梯子を悪い土地に面した箇所から立てかけておくと、それを伝って忌み物が入っていくのだという。

「俺は知らなかったんだけど。西側は昔、処刑場だったんだって。今はマンションだけど」

梯子はその後も何度か発見され、その前後にはやはり立て続けに死人が出た。

「ああいうのって凄《すご》い執念だなって思ったのは、ほんの僅《わず》かな時間を見計らって置いていくんだよ。それも決して簡単じゃない造りのものだろ。こっちでも注意してるから、置いてあれば撤去しちゃうんだけど……」

結局、ふた月ほど梯子は置かれ続け、ある日、突然無くなった。

最後に亡くなったのはその辺りの地主の老人だった。

「生前から遺産相続で親族がだいぶ揉《も》めていたって、入院当初から騒がれていた人だった」

老人の形相は酷いものだった。

二年ほど入所していたのだが親族は一度も顔を見せたことがなかった。

梯子は、焼くと髪を燃やしたような臭いがしたという。

予言猿

「犬猿の仲って言うだろう。あれは本当なんだよな」

落語家の塙《はなわ》さんが教えてくれた。

「あたしが昔、暮らしてたアパートの先に商店街があって、そこの八百屋に猿がいたんだ。猿はちゃんちゃんこ着せられて紐《ひも》で軒の柱に繋《つな》がれていて、最初は何の変哲もない普通の猿だったんだけど。ある日、店先を通りかかった散歩の洋犬に顔を齧《かじ》られてからおかしくなっちゃった」

猿は顔の皮が半分なくなってしまった。

「随分と酷い面相になったから八百屋のオヤジも困ったと思うんだが、そこはそれいくら畜生でも生きてるもんだから可哀想だってんで。相変わらず店先で繋いでおいた」

齧られてからの猿はすっかり様子が違ってしまった。以前は人が来るときっきっと餌をねだったり、子供にちょっかい出したりと無邪気なものだったが、いまではじっと裂けた面を道端に向けて通り過ぎる人を眺めていた。

「すっかり仙人みたいになっちゃってさ」

そんな猿があるとき、客のひとりの服の裾《すそ》を摑《つか》んだという。

「話に聞くとそれがさぁ、こう。恰《あたか》も人間のようにすぅーっと摑んだらしい」

猿は相手が「あら？　どうしたの」と気が付くと面白くなくなったという風にパタっと手を離し、そのまま座りなおした。猿は生まれてまだ三年ほどだったという。

その後も猿は人が忘れかけた頃になると客の裾を摑んだ。

噂が立ったのはそれから暫《しばら》くしてのこと。

『八百屋の猿に摑まれた家からは死人が出る』

「変な話だけど、どうも本当らしいんだよ。摑まれた客の何人かが葬儀の片づけやらで顔を合わせた所でそんな話が出たらしいんだ。一週間と経たずに家の者が亡くなる。まあ、詳しく話を聞けば全部じいさんばあさんだから、猿のせいでもなんでもないんだけどさ」

そんな妙な噂はやがて八百屋の耳にも入ることとなった。

「普通ならこりゃ商売に障るってんで捨てないまでも裏に引っ込めるか、他人にやるかってとこだけど、そのオヤジ頑固だったんだねぇ。相変わらず猿は表の軒先に繫げられていた」

ある時、関西に働きにいっていた娘が休暇で帰省した。娘は猿の面相の変わりように驚いたらしいが昔っから馴《な》れているだけあってすぐにそれにも馴染《なじ》んだという。

八百屋は四十過ぎてやっとできた一人娘を、それはそれは大事に育ててきた。

ひさしぶりに顔を揃えた家族は傍目《はため》からも幸せそうに見えたという。

「夕方なんかいつもは皺《しわ》垂れたおかみさんが笊銭《ざるせん》摑んでやりとりしてるのが、若いおねえちゃんがいるんだもの。それだけで店先がパッと明るくなるってもんだよ」

一週間ほどして休暇もそろそろ終わるというので娘が関西に戻ることになった。店先で「それじゃ」と手を振った両親に娘も手を振り返した。娘は猿にも「じゃあね」と手を振った。そして名残惜しげに娘が両親に向かい再び、手を振り返そうとした時、裾がピンと伸びた。

猿が摑んでいたのである。

「あ、離しなさいよ」

と猿のおいた程度だと笑って済ませようとした娘とは反対に、両親は顔色を変えていた。

特に母親は大根みたいに蒼白《そうはく》になって「帰るのはおよしよ」と言い出したという。

ところが詳しい話を知らない娘にはてんで話が通らない。

結局、何かこじれそうになったのでオヤジが、

「いいよいいよ。大丈夫だよ。いってきな」と送り出す形になった。

二日程した夕方、八百屋に娘の勤める会社から電話が入った。娘が先程、配達先でフォークリフトに引っかけられて大怪我をした。すぐこちらに駆けつけて欲しいという、それは切羽詰まったものだった。

「あー」母親はひと声発すると畳の上に崩れ落ち「あんたが悪い、帰したあんたが悪い」とオヤジをなじった。

取り敢《あ》えずふたりが店もそのままに着替えをしていると再び電話が鳴った。

娘は死んだ。

母親は糸の切れた人形のようにがったりと座り込んだまま動かなくなってしまった。オヤジはバーンと音を立てて着替えの背広を放り捨てると店先に無言のまま下りていった。

そして夕方の客が混みいってくるといつになく威勢良く商売を始め、あれやこれやと大きな声でやりとりし、まるで娘の訃報《ふほう》を耳にしなかったかのように次々と客を捌《さば》いていたが突然、「あー畜生!」とひと声怒鳴ると軒先に走り込み、怯《おび》えた顔の猿をひっ摑むとそばにあった里芋洗いの樽《たる》のなかに頭から丸ごと漬けて、そばの毛羽だったブラシで、ごしごしごしごしと動かなくなるまで洗い殺した。

突然のことに慌てた客が遠巻きにするなか、オヤジは十分ほども洗い続けると立ち上がり、毛の剝《は》げちょろけた猿の死骸《しがい》を忌々しそうに道端へびちゃりと放ると奥へ入ったまま出てこなくなった。

見れば猿は自分のちゃんちゃんこの裾をしっかり摑んでいたという。

店はすっかりそれきりになった。

昭和の話である。

李《すもも》

我妻《あがつま》さんのお母さんは幼い頃、北関東の農村部に住んでいた。

「母は普通のサラリーマンの子でしたけれど」

近くに彼女を慕う幼子がいた。

名前をさよりといった。

さよりは何不自由なく育ったおかげで何の屈託もなく、誰にでも愛想を振りまいてついていくような子供だった。

なかでも、さよりは我妻さんのお母さんが大好きだったという。

「理由はわからないんだけど、とにかくどこへ行くにもついて回っていたんだって」

さよりの家は農地解放までは近在に名を轟《とどろ》かせた豪農であった。当時でも威光は残っていたとお母さんは告げた。

「さよりの両親が授業参観に来るとなると校長先生以下、ずらっと校門までお出迎えにあがるんだって」

さよりが小学校に上がったとき、お母さんは中学二年生だった。

ある時、お母さんはさよりに何故そんなに自分についてくるのかと訊《たず》ねたことがあった。すると、さよりは暫く考え込んだ後、「お姉ちゃんはお婆ちゃんと同じ感じがするから」と呟《つぶや》いた。

さよりの祖母は彼女が幼稚園に入る直前に亡くなっていた。寡婦だてらに配下である小作をまとめあげ、さらには農地接収にやってきたGHQと正面からやりあったという猛女だったが、孫のさよりにはメロメロだった。祖母はさよりを溺愛《できあい》していた。その姿は、あまりに抱いてばかりいるので、赤ん坊だったさよりの脚が萎《な》えてしまうのではないかと周囲が心配するほどであった。

ところが、さよりが五つになろうかという晩方、「ちょっと風邪っぽい」と早めに蒲団《ふとん》に入ったかと思うと翌日にはころりと冷たくなっていた。

呻《うめ》き声ひとつ家人には聞こえず、死に顔は全くもって穏やかなもので、本当に寝ているようであった。

祖母には土地、屋敷、孫以外にもうひとつ執着をもって愛《め》でていたものがあった。

李である。

それは母屋《おもや》から少し離れた里山の際に植わっていたものだが、戦死した彼女の兄が吐き出した李の種が根付いたとかで、それはそれは大切にしていた。

但し、大切にしていたといっても柵《さく》を拵《こしら》えたり、幌《ほろ》をかけたりという仰々しいことをしていたわけではなく、ただ単に朝な夕なに声をかけ、水をかけ、手をかけていたというだけのことであった。

その祖母と我妻さんのお母さんが同じ雰囲気がすると、さよりは告げるのである。

全く実感がなかった。

「ああ、ほんとう。ありがとうね」

まだ甘い物など自由にならない時代であった。遊んでやったお礼としてさよりの家で振る舞われるチョコや饅頭《まんじゅう》、水菓子などの余禄《よろく》が有難く、お母さんはさよりの世話をすることを全く厭《いと》わなかった。

さよりは李の樹の下で遊ぶのを好んだ。

赤味を帯びた実を見上げながら、ふたりはままごとをし、隠れん坊《ぼ》をした。

そんなふたりだったが、お母さんが高校にあがるとだんだん以前のように遊ぶことが難しくなってきた。それでもさよりはなんとか遊んで貰《もら》おうと家の前で待っていたり、畦道《あぜみち》で暗くなるまで立っていたりしたのだが、その頃のお母さんの気持ちは急速に同級生とのつきあいやクラブ活動に傾いていた。

「おねえちゃん……」

ある日、不意に声をかけられた。

さよりであった。

「いままでありがとう」

さよりはぺこりとひとつ頭を下げ、とことこ歩み去った。

何となくその後ろ姿には胸を突かれるものがあり引き留めようと喉元《のどもと》まで声が出かかったが今更、昔のように遊べるものでもないと感じ、黙って見送ってしまった。

「田舎の薄暗くなった畦道をさよりの浴衣姿がふらふら、ゆらゆら、ぼんやりと遠くなっていくのが、すごく淋《さび》しく見えたって、それだけはこの話をするといつもくり返してた」

我妻さんは言った。


さよりがいなくなったのはそれから暫《しばら》くのことだった。

学校から帰宅し、部屋で遊んでいたはずのさよりの姿が見えないと村は蜂の巣を突ついたような騒ぎになった。

山には犬を連れた大人たちが懐中電灯や松明《たいまつ》を持って入り、警察のサーチライトが池や用水堀の水面を照らした。

しかし、さよりの行方は杳《よう》として知れなかった。一週間が経ち、十日経ってもさよりは発見されなかった。手配は遠く東京にまで及んだのだが、それらしき子供を見たという一報は入らなかった。

同時期、さよりの家にお母さんが呼ばれた。心当たりを教えて欲しいとのことだったが正直、怖ろしかった。彼女は父親と共に母屋の庭にやってきた。憔悴しきったさよりの母がぽつりぽつりと何か心覚えはないかと訊ね重ねるが、彼女には見当もつかず、その見当のつかないという自分がその場ではひどく無責任で残酷に思え、涙が次から次へと溢《あふ》れて止まらなくなった。

と突然、甘酸っぱい匂いが立ち込めてきた。

お母さんが泣くのをやめて顔を上げると周囲の大人も妙な顔をしていた。

匂いの元を辿《たど》るようにお母さんが歩き始めると大人たちも後に続いたという。

暗闇のなかで小さな音がしていた。

ぽと……ぽと……ぽと。

照明が向けられるとそこには、あのさよりの祖母の李の樹があった。

音はそこからしていた。

見ると手のひらほどの丸いものが散らばっている。

李の実であった。

ぽと……ぽと……。

まだ熟すには間があろうという青々とした実が続々と落下していた。

「元気な樹だから実がびっしり付いていたんだけど、それが……」

お母さんは近づいて足下の李を拾った。

獣のような叫びが地面の下から噴き上がったのは、その瞬間のことだったという。

「結局、李の樹の近くに、遠《とお》の昔にふたをされて忘れ去られていた涸《か》れ井戸があったの」

大人の手によって李の裏から涸れ井戸が発見され、なかから狂ったように叫び続けている男とその傍らでうずくまるようにして事切れていたさよりが発見された。

男は東京からやってきた、流れの農機具販売屋で童狂いの常習者だった。

「その人はさよりちゃんの頸《くび》を絞めて殺すと涸れ井戸のなかで犯そうとしたらしいのね。ところがいざ上がろうとしたらなかの梯子《はしご》が腐り落ちてしまったらしいの」

結局、男は出るに出られず飲まず食わずで十日ばかり死体と暮らした。逮捕された折にはすっかり正気ではなくなっていたという。

不思議なことにさよりの死体は少しも傷んでいなかった。その後、井戸は埋められ、李《すもも》の樹の元には幼子に似せた地蔵の祠《ほこら》ができた。

いまもそれはある。

串刺《くしざ》し

石井《いしい》くんのお父さんは大学で数学を教えている。

「数学者っていうのは因果な商売でね。頭のなかで実験するんだよ。思考実験っていうのかな。とにかく日がな一日、明けても暮れても、ひとつの数式、数論と取っ組み合っているものだから現実の世界にいてもいないようなもんなんだよな」

その言葉どおり、彼は幼い頃、父親ときちんと会話した記憶がない。

「まず朝は俺よりも早く起きて、夜は当然、俺が寝た後で帰ってくるものだから顔を合わすこと自体が珍しい。それでもたまに居たりするだろう朝とか……」

父親は黙って新聞を読んでいる。彼はその隣の椅子に座り、テーブルに並べられているものを口に運ぶ。その間、聞こえているのは母親の調理を続ける音とラジオだけ。

父親は、時折ぱさぱさと新聞を繰るだけである。

もちろん、「おはようございます」と挨拶《あいさつ》はしている。

しかし、父親は聞こえないのか返事をすることは少ない。したとしても「うあ」とか「うう」というぐらい。

後はまた何かを考え込んでいた。

一度、怖ろしいことがあった。

小学生の頃、深夜に尿意を催し、ベッドを抜けてトイレで用を足した。ホッとして振り返ると父親が真後ろに立っていたのである。

息が止まった。

父にはまるで彼が見えていないようで、ぼんやりと遠い目をしたまま何事かをぶつぶつと呟《つぶや》き、突然、踵《きびす》を返すとトイレから出た。

『実数Xに……』

確か、そう呟いたのを覚えている。

父親はそのまま台所へ行くとぐるりぐるりとテーブルを四周し、立ち止まって貧乏揺すりを始めた。時折、なにやら呟く姿に石井くんは、声を失っていた。

やがて父親は歩き出し、両親の寝室に戻っていった。

石井くんは朝まで眠れなかったという。

「で、次の日の朝、オヤジがいなかったんでおふくろに話すと『寝惚《ねぼ》けてたのよ』ってケロッと言うんだよ。昔っから研究が佳境に入ってくるとよくあるんだって」

結婚する前は裸足《はだし》にパジャマ姿で深夜、街を徘徊《はいかい》して、よく警官の職務質問に引っかかっていたのだという。

「一種の夢遊病みたいなものね」

と、母親は呟いた。

彼は父親に全く馴染《なじ》めなかった。

「宇宙人みたいなもんだったんだよな。特にその頃はオヤジも研究者として身を立てようとしていたから、余計に他の物事なんかは目に入らなかったみたいで」

とにかく日常生活が、幽体離脱者と生活しているようなものだったという。

そんな父親だったがある日を境にがっくりと普通の人になった。

フランスの研究者に同一テーマを抜かれたのだという。

「もう十歳ぐらい老けちゃって」

彼が丁度、高校生の頃だった。

ある時、自室に戻ると父親が黙って本棚を眺めていた。

なんて詰まらない本ばかり読んでいるんだと文句のひとつでも言われると覚悟していると「こういうものに興味があるのか……」と一冊の本を手に取った。

それは気晴らしに古書店の投げ売り棚から五十円で買い求めた怪談実話本だった。

「いえ……それは……」

などと石井くんが口ごもっていると。

「俺も一度だけ……」

と、父親が話し始めた。

終戦からそう遠くない頃、石井父はある大学教授の下に書生として住み込んでいた。毎日、師の生活のあれやこれやを世話しながら代わりに研究の糧となる資料を使わせて貰《もら》うのである。

「資料部屋というのが、本当に古今東西の本ばかりがぎっしりと呆《あき》れるほど詰まった部屋でな」

部屋を丁度、口の字に書棚が囲み、真ん中にもいくつかの棚の島ができていた。

ある時、そこで資料に当たっていると、ずっずっと気配がするのに気づいた。丁度、難しいところを考えていたので、その音がいやに癇《かん》に障った。

「怖いなんて毛先ほども感じなかった。単に勉強の邪魔だったんだ」

邪魔ではあったが師に告げるわけにはいかない。そんなことを口にすれば何を蒙昧《もうまい》しておるのかと叩《たた》き出される畏《おそ》れすらあった。

それを知ってか知らずか音は日を追うごとに大きく、気障りになっていった。

「どうにかしなくてはと思ってな」

ある日、石井父は有名な神社で買い求めたお守りを手に資料部屋に向かった。夕暮れであった。

いつものように畳に座り、資料に没頭していると……始まった。

ずっ……ひひ。

ずっ……ふへっ。

ずっ……。

何ものかが這《は》い回り、彷徨《うろつ》き回り出した。

そして丁度、それが傍らに来た時、石井父は気配に向かってお守りを投げつけたのだという。

ぽす。

妙な手応《てごた》えを感じた。

しかも、お守りは書棚と書棚の丁度、間隙《かんげき》にある壁の真ん中で宙に留まっていた。

ふぇ……へっ……ほぉ……む……。

妙な声がまだ続いていた。

石井父は立って宙に留まったお守りに手を伸ばした。

するとぼんやりとした感触が返ってきた。

「実体ではないんだが温かな蒸気に触れたような感じだった。エネルギー体というのかな」

石井父は師に直接、告げるのは憚《はばか》られるものの、何か記録しておこうと師の部屋からカメラを持って戻った。

ところが既にお守りは畳に落ちてしまっていた。

最前の場所に手を伸ばしても何も感じられなくなっていた。

ぼんやりと薄暮に沈む部屋のなかに立ち竦《すく》んでいると全ては自分の気の迷いだったように思え、急に心細くなってきたという。

「莫迦《ばか》じゃないか、俺は」

勉強厭《いや》さの逃げ心が、妄想させたのではないかと自分を疑った、情けなくなった。

がっくりと首を垂れ、ふと傍らの書棚を見て絶句した。

「本の表紙が全て裏返されていたんだ」

あれを串刺しにしておいた両脇の書棚だけとはいえ、足下から天井までの量の本の全てが表紙をあべこべにされていたのである。

「いくら威張っていたって科学はまだここまでに至っていないんだな」

父親は不安そうな顔の石井くんに本を預け、ニコッと微笑み部屋を出ていった。

「おかげでオヤジとは今では、すっかり良い飲み仲間だよ」

と、石井くんは笑った。

詛《そ》

なんの覚えもなかった。

吉永さんは三年前の冬、突然、出血した。

「まず指先から始まったんです」

会社で書類を入れた封筒を整理していると薄い色がついた。指でなぞったような汚れである。

なるほど指を見ると確かに赤いものが付着していた。

「でも、怪我とかは全くないんです」

妙だとは思いながらも汚れを拭《ふ》き取ると仕事に戻った。

しかし、それは以降も続いた。

「自分で気づく時は良いんですけれど」

上司や同僚から指摘されることも多くなった。いずれも書類に血がついているといった苦情である。

「わたし、その度に怪我なんかしてませんって、手を見せるんだけど」

怪我でなければ汚れだということになるだけだった。

ある時、髪を掻《か》き上げると眉《まゆ》の上にぽたりと感触があった。

血が筋となって顔を流れた。

「大丈夫？」

同僚の女性社員が大袈裟《おおげさ》に声をあげた。

見れば手のひらに血が薄く残っている。慌ててティッシュで拭き取ると後には傷もなにもないのである。

「なかには医者に診て貰った方が良いよなんていう人もいたけど、その度に怪我もしてないのにどこを診て貰えばいいのよって心のなかで思ってた」

はっきりいって血なのかどうなのかも判らない。血のようであってもそれは彼女から出たものでないことは確かだったし、また別の場所からやってくるなどということは唐突には信じがたかった。

しかし、彼女の思いとは裏腹に『出血』は続いた。半年ほどすると、うっかりするとベタベタと書類に跡がつくまでになっていた。

なんとかしろよと聞こえよがしの声が聞かれるようになったので、彼女はゴムの手袋をするようになった。しかし、今度は鼻からも『出血』するようになった。満員電車の吊革《つりかわ》に摑《つか》まっている時や食事時などはたまらなかった。

通院もしたが理屈がつかない。最終的には『出血』の瞬間を診なければなんともいえないと医者はいうのだった。

そんなある日、自室のドアに『詛』という文字が上下逆さになって書かれていた。辞書で引くと詛は呪《じゅ》と同義であることを知ったが、それが逆さなのだから『祝う』になるのではないかと思った。

どちらにせよ薄気味が悪かった。

そんなある夜、彼女は寝心地の悪さに目を覚まし、灯《あか》りを点《つ》けたところで息を飲んだ。

蒲団《ふとん》が血塗《まみ》れだった。

いや、蒲団だけではない、彼女の寝間着も真っ黒に血で染まっていた。

風呂《ふろ》場の鏡に映った自分は血を頭から被《かぶ》ったようになっていた。

服を脱ぎ捨て、シャワーを浴び、汚れを落としているうち本当に怖ろしくなってきた。

彼女はその月の内に退職し、実家に戻った。

すると出血はぱたりと治まったという。

実家の知り合いにその手のことに詳しいスナックのママがいた。

ふとそのことを口にすると「女だね」と呟《つぶや》いた。

「相手も相当のリスクを背負ってやってるはずだから、あんたは逃げだして正解だったよ。命あっての物種だもの」

ママによると『詛』の上下逆さは『祝』ではないという。

「それは詛があんたの部屋に降ってくるっていう意味だよ」

未《いま》だ彼女に心当たりはない。

思い出

近藤《こんどう》さんが、その山に登ろうと思ったのは、全くの気まぐれだった。

「本当は彼と旅行に行くはずだったんだけど」

三日前になって突然、出張になってしまったのだという。

「こっちはもう有休取っちゃってるから、頭にきて」

ひとりで登山をすることにした。

とはいえ、いままで経験もなく、最後に山登りしたのは中学の遠足という彼女がなぜそんなことを思いついたのかは自分でも見当が付かなかった。

彼女が目指したのは信州のある山。

書店で登山関係の本を探していたら偶然、目に付いたのだという。

前日までに装備を調え、出発した。

まずJRの目的駅で降り、そこからバスに揺られて登山口となるバス停で降りた。

「降りた途端に、あーって後悔した」

目前に迫るのはとてもじゃないが登山初心者がひとりでぽこぽこと登っていけるよ

うな代物ではなかったのだという。
それでも帰ろうという気はせず、川に沿って歩き始めた。
林道の終点を過ぎ、堰堤《えんてい》を見る頃には既に息があがっていた。
『これは本当に無理だわ……』
太股《ふともも》がぱんぱんになっていた。
いかに普段、使っていないかを思い知らされたという。
ところが支流の水を見ていると妙に懐かしいような気がしてきた。
するとぐんぐん元気が湧いてきて足が軽くなった。
彼女は川岸をぐいぐいと登り、キャンプ場を過ぎ、針葉樹林帯へと突入した。
途中で休憩し、眼下を見るとかなりの標高を上がってきたことがわかった。
登り始めには、あれほど濃厚だった疲労がいつのまにか消えていた。
案外、自分は登山に向いているのかも。
彼女はそう思うと嬉《うれ》しくなってきた。
途中、山小屋を見つけたので彼女は昼飯にすることにした。
持参の弁当とおにぎりを頬張っていると年配の登山者が声をかけてきた。
彼らは女のひとり登山をしている近藤さんを随分なベテランだと勘違いした。
「いえいえ。わたし、全くの初心者なんです」

彼らは近藤さんの登り始めた時刻を聞いて目を丸くした。とてもじゃないが、そんな短時間でここまでは来られるはずがないというのである。

「え？　でも実際に来ちゃったし……」

彼女がにこにこ笑って答えると、相手はやっぱりプロなんだなどと呟きながら出発していった。

「でも、その頃になると本当に一歩一歩、登るのが嬉しくて、辛《つら》いとか疲れるとか、そういうの一切なかったですね」

彼女は弁当を片づけると再び、歩き出した。

もう暫《しばら》く行くと急斜面の岩を鎖と階段を使って制覇するという難所だった。

と、その手前に小さな分岐があった。

身体がいうことを聞かなくなった。

「正確には正規のルートである、鎖場のほうへは行きたくなくなっちゃったのよ」

しかし、彼女が行こうとしているルートには全く人の気配がない。

「どうしよう」

悩んだのもふりだけだった。

彼女は殆《ほとん》どためらうことなく、分岐で本線を外れた。

人の足にならされていない道は石が多く、また地表が凸凹とランダムに隆起していて、とても歩きづらかった。

「ほんと、こんなとこで足でも挫《くじ》いたらすぐ遭難だって覚悟したぐらい妙な道だったの」

彼女はその妙な道を黙々と進んだ。

すると突然、足が重くなった。

「まるで誰かに摑まれてるみたいにグッと重くなってね。動けなくなっちゃったの」

仕方なく、そこで休憩をすることにした。

風が涼しかった。

鳥の声も虫の音もしなかった。

ただ静かな空間だけが拡がっていた。

と、目の端に小さな影が映った。

屋根だった。

こんなところになんだろう……。

彼女は立ち上がると道を外れ、その林のなかのお堂に向かった。

それは時代劇などに出てくる朽ちたお堂そのものだった。

「ずいぶん前に捨てられたみたいで、供物も何もないの」

戸は片側が外れ、奥が丸見え、屋根の半分は崩れていた。

何かめぼしいものはあるかと彼女は堂のぐるりを一周した。

すると堂の壁に色の変わった板が一枚、打ち付けてあった。

「変わったっていっても、回りと比べてのことなんだけどね」

回りがどす黒い緑なのに対し、その堂に貼り付けられた板は比較的新しく見えた。

字のようなものが書き付けてある。

彼女の名前であった。

「私の名前って、ちょっと珍しいんだけど……」

それが彫り込むようにして書かれていた。

近藤さんのご両親はクリスチャンなので、彼女も生まれると洗礼を受けた。

名はキリストにまつわる女性に因《ちな》んでつけられた。

『……子の墓。……子はとってもかわいそう』

更に驚いたのはその下に並んで書かれている名が両親のものであったことだった。

足が震えた。

気がつくと日が傾き始めていた。

彼女はそれだけを写真に収めると、あたふたといま来た道を戻り始めた。

ところが帰りはどうしたことか、あれほど軽やかだった足が全く他人のもののように動かなくなっていた。

「どっちかっていえば、ズブの素人なんだから、そっちのほうが自然なんだけど」

彼女はどうにかして周囲が闇に包まれる前にバス停に到着し、駅に戻ることができた。

翌日から二週間ほど、筋肉痛のあまりロボットのように動かざるを得なかった。

次の日曜、彼女は実家に戻ると両親に出来事をかいつまんで伝えた。

すると母親がぱっくりと口を開け、突然、泣き出した。父親も顔面蒼白《そうはく》で立ち竦《すく》んでいた。

「結局、あそこにあったのは父と母が結婚直後、実際に書き加えたものだったのね」

近藤さんには実は産まれなかった『姉』がいた。若いご両親にはまだまだ経済力がなく、ふたりは知り合いを頼って泣く泣く中絶処置をした。そして遺骸《いがい》の一部を貰《もら》い受けると、ふたりが結婚前に熱中して登っていた山にある堂の近くにそびえる杉の根本に埋めたのだという。

当時からあのお堂は放置されていたようで、ふたりはそこを秘密のお墓にした。

「私が産まれるまでは毎年、命日になるとお参りに行っていたらしいんだけど……」

幼い頃から病弱で育てにくかった彼女の養育に追われ、両親はいつしか墓参をやめてしまっていた。

そして二十年以上が経った。

落ち着きを取り戻した両親は近藤さんに全てを話した。カソリックでは中絶は罪であること、ふたりは苦しみ悩み抜いたことなど、彼らは奇異な経験をしてきた娘に懺《ざん》悔《げ》するように語り尽くした。

いま、またご両親は毎年、山に出かけるようになったという。

手　袋

　去年、結婚した太田《おおた》は今でも寝る時には『手袋』をしているといった。

「いちおう妻には手の皮膚が弱いからと誤魔化してるんですけれど……」

　寝るときだけとはいえ、確かにもう三年ほどそうしているので皮膚が以前よりもふやけ、理屈は合っていた。

　それが始まったのは就職して二年ほど経ったときのことだった。連日の残業となかなか成果の出せない営業仕事の挟《はさ》み撃ちで当時の太田はかなり『マイって』いた。

「もともと食の太いほうじゃなかったんですけれど、あの当時はとにかく喰《く》えない、眠れない、働けないでメタメタでした」

　彼が勤めているのは大手の事務用品メーカーだったが、不景気の影響で文具の消費は総務などで徹底管理されるようになり、どこへ行ってもとにかく消費が渋かった。

「昔ならボールペンをインクがなくなるまで使い切るなんてことはなかったですよね。ところがそういう得意先がゴロゴロ出てきて」

　なかには社内用の文書は全て、書き損じの紙の裏を使うなどという極端なところもあった。

「前年度の七割まで売り上げも下がってしまって、このままでは事業所が統合されるなんて噂まで出てきたんです」

当然、そういった原因追及は彼ら営業マンに向けられた。しかし、とにかくお得意先を朝から晩まで走りまわればなんとかなるという時代ではなくなっていた。

「仲間もぽつりぽつり見切りをつけて故郷に帰ったり、営業以外の仕事へ転職したりして」

相当のストレスに晒《さら》されていた。

「で、妙な癖が出ちゃったんです」

眠るときに敷布や毛布の皺《しわ》を伸ばすようになったという。

「全部、手順が決まってるんですよね。シーツは全ての辺を折って、敷き蒲団《ぶとん》の下に入れる。毛布は足下の部分を十センチほどだけ敷き蒲団の下に入れる……」

その際にシーツと毛布はピシッと張られ、皺や弛《たる》みのないようにすることが大事なのだという。

「少しでも皺が寄ってるとだめなんです。もう気持ちが悪くて潜って寝られない」

枕の位置と毛布の上の部分の位置も決まっている。

「三センチほど枕にかかるのが理想です」

彼はこうした『儀式』を十分ほどかけて念入りに行い、それからベッドに潜るのだという。問題なのは深夜、尿意を感じて起きたときなどだ。

「夜中に起きたときも必ずセットしてからでないと寝られません。明かりを点《つ》けて、シーツから毛布から全て引き剝《は》がし、リセットして一から始めます」

こうしたものを『入眠儀式』などというが、太田は小学校低学年から中学三年までの間、ずっと続けていたという過去があった。

「気づいたら消えてたんですけれどね」

復活していた。それともうひとつ、妙なことがあった。

「朝、指が固まってたんです」

それが初めて起きたときのことを太田はそう表現した。両手の指に白髪が絡まっていた。

「それも一本、二本とかいうんじゃなくてごっそり」

指の一本一本にまとわりつくかのように長い白髪がくるくると結びついていた。

「うわ……なんだこれ」

鳥肌がたった。

もちろん、覚えはなかった。

確か昨夜《ゆうべ》も一旦《いったん》、小便に起きた後、蒲団を直し、寝たはずだった。

「気持ち悪《わり》ィ……」

太田は白髪をゴミ箱に捨てると、いつものように出勤した。

白髪はそれからも時折、指に絡んでいた。

「朝になると気がつくんですけれど……」

もちろん、太田は独り暮らしであり、ぬいぐるみはおろか、彼のマンションの部屋に白い毛を持つものは皆無だった。

「全く身に覚えがないんです」

そのうちに天井を這《は》う老婆が彼の真上から長い白髪を垂らす夢にうなされ、目覚めたりするようにもなってきた。そんな時には深夜でも決まって指に白髪が絡んでいた。

ある日、太田は仕事中に体調を崩し、早退した。薬局で風邪薬を買うとマンションに戻ったという。

エレベーターを降り、廊下をよろよろ進むと先のドアがすっと細く開くのに気づいた。

「僕の部屋のふたつ手前なんですけどね」

見ると隙間にぼんやり顔が浮かんでいた。

白髪の老婆だった。

彼女は睨《にら》み殺すような目つきをしていた。

太田がハッとしたのは目つきもあるが、それよりも老婆の頭のあちこちが無惨にも抜け千切れているのがはっきり見えたからだった。まるで目をつぶって滅茶苦茶に刈られたようになっていた。

『こんどはころしてやる……』

老婆はぴたりと彼に視線をすえたまま通り過ぎる瞬間、そう呟《つぶや》き、ドアを閉めたという。

その瞬間、太田の身内にゾッとするものが駆け巡った。白髪の絡んでいた指先がじんじんと疼《うず》くような気がした。

その日から太田は自室には帰らず、引っ越しを決めたという。

「自分がしたという自覚はないんですけれど、でもやっぱり何するか信じられないから」

以来、太田は手錠の代わりに、手袋に付属している小さなクリップを留めたまま、なかに両手を納めて眠っている。

燐《りん》光《こう》

「夜中にふっと目が覚めるんですよね」

斎藤《さいとう》さんは以前、借りていたマンションの話をしてくれた。

2LDK。新宿からふた駅離れたところにあったその部屋は、彼女の希望にぴったりの物件だった。

「築年数が古かったこともあって家賃も思ったほどじゃなく、手頃だったしね」

以前は実家のある横浜に住んでいたので通勤ではかなり苦労したのだが、そこなら楽に通えるはずだった。

夜中に目が覚めるのは引っ越し直後から始まった。

「わりと寝付きは良いほうで夜中に起きることは滅多になかったんですよね」

目が覚めると必ず『ギシッ』と家鳴りが聞こえた。部屋の隅。特定はできないが天井の辺りから音はするようである。

それに身体に触れられるような感触もあった。但し、それはいつも目覚めの間際に感じるので定かではなかった。

「でも、家って鳴るじゃないですか。小さくパキッとかピシッとかは実家でもよくあったので……」

気にしないようにすれば済んでしまうことであったのだが、なぜか耳につき、一旦目が覚めるとベッドのなかで暗がりを長い間、眺めてしまうはめになった。

「厭《いや》な感じがしたんですよね」

斎藤さんはそのうち家鳴りをひどく警戒するようになり、僅《わず》かな物音でも緊張するようになった。

そんな折、同僚にふとそんなことを話すと『いい人』を知っているといわれた。

乗り気ではなかったが彼がやや強引なのと、いつまでも妙な緊張を持って生活するのも疲れると思っていたところなので紹介して貰《もら》うことにした。

その人は所謂《いわゆる》『見える人』で『霊能者』であった。歳は三十半ば、まるっきり主婦にしか見えない愛想の良い人だった、が、時たま見せる目つきには鋭いものがあった。

「この人はうちの遠縁に当たる人でね」

ついてきた同僚がそういった。

彼女は玄関口で簡単に挨拶《あいさつ》するとそこに立ったまま部屋のなかを見つめていた。

「ふーん」

三分ほどもそうした後、突然、彼女は室内に入り、視線を上から下へと這わせながら丁寧にあちこちを見回した。斎藤さんと同僚はその後ろを黙ってついて回った。

やがて一段落ついたとおぼしきところで休憩となり、斎藤さんがテーブルに座った彼らにお茶を出した。

「いるわよ」

「あ、そうですか。そんな話は不動産屋さんからも聞かなかったんですけれど」

「うん、古いからね。かなり昔。でもいるわよ。念は強いわ」

西日が隅に追いやられ、部屋には夕暮れから宵の気配が満ちていた。

茶碗《ちゃわん》を静かに置くと『見える人』はバッグから小袋を取り出して立ち上がり、その中身をぱっぱっと部屋のなかに撒《ま》き始めた。

きらきら光る粒が舞った。

「彼女、全部の部屋を回ったんです」

『見える人』は再び、テーブルにつくと、「あれ、わかる?」と居間の隅を指差した。

テレビの脇。丁度、部屋の角に当たるところに粒子が固まって浮かんでいた。『人の頭』に見えた。

「見えたね」

斎藤さんの表情を見て『見える人』は満足そうに呟いた。

「丁度、柱に寄り添うような格好で立っている人の頭から肩にかけての輪郭が、ぼんやりですけれど、私にも見えたんです」

『見える人』はその後、部屋の三ヵ所ほどで祈禱《きとう》めいたことをし、同僚とともに帰っていった。謝礼は受け取らなかったという。

「どちらにせよ、長くは住めないわよ。ぐずぐずしていると運気が悪くなるからね」

帰り際、彼女は念を押すように呟いた。

そのまま部屋に残っているのは嫌だったので、斎藤さんは窓を開け放つとレイトショーの映画を見に出かけ、帰宅したのは十一時を回っていたという。

もう『きらきら』は見えなかった。

深夜、肩をぐいっと摑《つか》まれた。

はっと目を覚ますと部屋のなかが仄《ほの》明るかった。ぎしりと天井が鳴った。

目の前に光る塊が下がっていた。

「丁度、私の真横にあったんです」

人型のそれは天井からブラ下がるような輪郭をしていた。

『首吊《くびつ》り……』

そう思った彼女が身を離そうとした時、わずかに開いた寝室の扉から別の明るいものがふわーっと入ってきた。

「ぐっと息が詰まったようになっちゃって」

気がつくと朝になっていた。

燐光は消えていたが身体の震えは残っていた。斎藤さんはその日のうちに実家に戻ると部屋を引き払った。

「生で見たわけじゃないから、まだ良いんですけれど」

以来、彼女は暗闇で発光するものが苦手になった。映画館などで携帯を開けられるとゾッとするという。

傘

「去年の暮れのことだったんですけれど」

その日、川井《かわい》さんは忘年会に参加していたおかげで帰りが深夜になった。

自宅マンションに到着し、十二階で降りた。

「うちの部屋は一番奥なんですね。外廊下なんで雨降りとかだと大変ですけど、雨は一滴も降ってませんでした」

酔いに火照った頬に風が気持ち良かった。安心したのか不意にヒールの足がよろよろしたので歩みをゆっくりし、いつものように廊下を進んだ。

部屋の前で鍵《かぎ》を取り出していると、ふっと気配がした。

見ると廊下の向こうから真っ赤な傘が開いたままの格好で、ずずずーっと床を引きずるように滑ってきた。

風はあったが激しくはない。

あっという間に傘は川井さんの足下に迫り、そこでふわっと舞い上がり、外廊下の縁《へり》を越えて虚空へと消えていった。

傘の内側に生首があった。
首は傘の柄に嚙《か》みつきながら、確かに宙で川井さんを睨《にら》んでいた。
頭の上、半分ほどが車輪でのされたように潰《つぶ》れていた。
その夜、二度ほどドアが、どすどす叩《たた》かれたが彼女はベッドから出ることはなかった。
それ一回きりのことだという。

叫び

笠井《かさい》がそのアパートに越したのは大学二年の頃、当初は安くても広い部屋が良いと都心から四十分ほど離れたところを借りていたのだが、やがて学生生活にも慣れてくると不便でならない。いつもいつも飲んだ勢いで仲間の下宿に泊まれるとは限らないし、「やつは必ず人の家に泊まり込む」などと噂がたつのも面白くなかった。

当然、親の仕送りが増えるわけではなかったので都心に近づいた分、小さな間取りで我慢するか不足分をバイトなどして自分で補うかを選択しなければならなかった。

笠井は前者を採った。

「新宿から十五分ぐらいのところにある安いオンボロアパートでした。木造で、鉄階段をあがるとギーギー鳴るような……」

小さなタイルが貼りめぐらされた便所は水洗だったがフラッシュ型ではなく、上部に取り付けられた箱のなかに溜《た》められた水を鎖で引いて落とすタイプのものだったり、風呂《ふろ》は釜《かま》の飛び出しているものだったりしたが、不便は感じなかった。

妙だなと思うようになったのは引っ越して二ヶ月ほどしてからだった。

そのアパートは一階と二階に四部屋ずつなのだが、半分ほどが空いていて、埋まっている部屋の住人はほとんどが物凄《ものすご》く早朝に出かけていく人たちばかりだった。二階には笠井の他にひと部屋が埋まっているだけだった。

「あとで詳しく聞いたら、大家さんはもう建て替えを考えてたらしいんですよね。だから新規の借り手は俺で終わりだったそうです」

学生だからということで特別に許可を貰ったようなものだったと笠井はいう。

隣室は空き部屋だった。

その部屋がうるさいのである。

「壁がドンって叩かれるのはまだ我慢できるんですけれど」

深夜、とてつもない悲鳴が聞こえたりする。

「しかも壁が薄いから……。もう厭《いや》んなっちゃうんです」

空き部屋だとわかってはいたが、あまりに音が続いたので笠井は隣室を訪ねたこともあった。

「ドアを叩いて、こんばんは！　って声をかけたけど返事はないんです」

たまりかねて不動産屋に連絡するとそんな時刻に人を案内したり、その部屋に行く者はないといわれた。

そうですか……と笠井が不満げな口調になると不動産屋は電話口で声をひそめた。

「あのね、義務があるわけじゃないからいわなかったんだけど、隣は事故物件なんだよ」

「じこぶっけっ……なんすか？　それ」

「三年前にフィリピンの子が同棲《どうせい》相手に殺されたんだよ。御祓《はら》いしたのになぁ。やっぱり悔しいのかなぁ」

笠井は絶句した。

「なんでも隣の部屋のことだから教える義務はないらしいんですけど」

大家はそんなこともあったので思い切って建て替えを決心したのだと不動産屋はいい、引っ越しても保証金は返せないよとも付け加えた。告知義務に違反しているわけではないからだ。

「もうガッカリですよ……」

それでももともとその手のことには鈍い男だったのでそのまま住んでいた。こちらにさえやってこなければ気にはならなかった。

「たいてい夜は酔っぱらってるんですから」

ある時、飲み会の席で笠井は隣室の話を披露した。すごい悲鳴が聞こえること、壁がドカンと叩かれることなどを告げると日頃、莫迦《ばか》にしたような態度の者たちが一斉に真顔になって笠井の話を聞き始めた。

そのうちに検証するかということになったが誰も泊まりに来るとはいわず、笠井に声を録音するようにといい出した。初めは厭だと断っていたが、嘘をついたのではないかなどとけしかけられると応じざるを得なくなった。

「いい出しっぺですからね。引っ込みがつかなくなっちゃったんです」

笠井は仲間から録音用のカセットを借りるとマイクを取り付け、壁の脇に設置し、寝る間際に録音ボタンを押したという。

深夜、すさまじい悲鳴で目が覚めた。

「やったーと思いましたね」

笠井は一瞬、目を覚まし、再び眠った。

翌日、テープを聴くと仲間は爆笑した。

「おまえ。これ、おまえの悲鳴じゃねえか」

「そんな馬鹿な」

笠井は繰り返し、テープを聴いた。

「確かに僕のいびきの続きでぎゃーっていう悲鳴が入ってるんですけれど……ちょっと信じられなかったですね」

自分には全く覚えがなかった。しかし、確かに自分の声だった。

すっかり面目をなくしたのだが、逆に笠井は絶対に録音してやるとムキになった。

「カセットは録《と》れるまで貸してくれるというので、そのまま持ち帰りました」

その日から寝る前に笠井は録音ボタンを押して寝るのが日課となった。しかし、今度はなかなか悲鳴が聞こえてこない。

朝になってテープが回っていないのを知り、がっかりする日が続いた。学校では毎日、仲間が顔を合わせると「録れたか？」と訊《き》いてくる。一ヶ月もしないうちに笠井は参ってしまった。

「飲みにも行かなくなって、とにかく悲鳴を待っていました」

ある夜、酔っぱらって寝転がっている笠井の耳に『ドンッ』と壁を叩く音が響いた。がばっと身体を起こし、全身で気配を探った。隣室のなかでばたばたと何かが移動する音がした。そのうちにドアがばたんと開き、廊下を何かが駆け出していったという。

時刻は午前二時に近かった。

「ありえねえ……」

笠井はカセットを摑《つか》むと立ち上がった。

ドア越しに録ろうと思ったのだ。

廊下に出るとひんやりした夜気が足下から上ってきた。裸足《はだし》でそっと隣室の前に行き、録音ボタンを押して立った。

ノックをしてみた。応答は無かった。

……何かが飛び出していったはずだ。試しにノブを握るとドアは開いたという。

室内は真っ暗だった。カビと埃《ほこり》の臭いがした。空気が湿って重く感じられた。

笠井はそのままなかにあがると自分の部屋と同じ間取りであることを確かめ、壁際に録音ボタンを押したままのカセットを置くと自室に戻った。

「で、僕はそのまま蒲団《ふとん》に潜り込んだんです」

明日、きっと何かが録れているはずだ……。

笠井はそう期待しながら目を閉じた。

『どすん！』鈍い音と震動が直《じか》に伝わってきた。目を覚ますとすぐ横の壁に人がぶつけられ倒れていた。

身体は動かなかった。

倒れているのは女だった。

きぃきぃきぃ……ゼンマイのような音をさせ、女はふらりと立ち上がる、そしてまた壁に突進した。まるでそれは見えない大きな手で壁に投げつけられているかのようだった。

女の顔は髪に隠れていて見えなかった。

『どん！』

間近で聞くと何か柔らかなものが潰《つぶ》れる音も混じっていた。床の女が低く呻《うめ》いた。

笠井は部屋の感じが変わっているのに気づいた。

『俺の部屋じゃない！』

彼が寝ているのは照明器具も取り外された、ガランと何もない隣室だった。

げぇげぇげぇげげげ……。

その声に振り向くと、倒れた女が畳に食い込ませた指先をもぞもぞと蠢《うごめ》かせながら笠井に近づいてくるのが見えた。

ばりりばりり……揺れながら一メートルほどの距離をゆっくりと近づいてきた。

不意に髪がぱらりと分かれ、顔が覗《のぞ》いた。

齧《かじ》りかけのいちじくのように頬や目のあるべき部分がえぐられ、肉と白い骨の見えるものがしきりに頷《うなず》いていた。女は折れた歯を吐き出し、奇妙に唇をねじ曲げた。

笑ったのだ。

げぇげぇ……。

いきなり女は笠井の首に両腕を回した。

笠井のなかで悲鳴が爆発し、意識が無くなった。

気がつくと笠井は自室の床で倒れていた。

「カセットは隣室にありました。ドアは開いていたんです」

録音は確かにされていた。

「僕の声だけでした」

笠井は翌日から仲間のもとに身を寄せ、早々にアパートを引き払った。

「仲間には笑われましたけど、そんなことは全然、気にならなかったですね」

笠井は呟《つぶや》いた。

「もう五年ぐらい前のことなんだけど」

看護師をしていた吉崎《よしざき》さんがその個人病院に勤めたのは、結婚で遠方に引っ越しする仲間から、代わりが見つかるまでの繋《つな》ぎで助けてくれないかと頼まれたのがきっかけだった。

「個人といっても医院やクリニックじゃなくて病院だから、入院施設はもちろんのこと、手術だってちゃんとできるそれなりの規模だったのよ」

彼女はそこで内科に配属された。

「本当は内科って産科の次に避けたい部署なのよ。だって大抵、死ぬのは内科の患者だし、夜勤もきついしね」

看護師になって三年目、そろそろ仕事の酸いも甘いも判ってきた頃だった。

「で、そこに桃井《ももい》っていうおじさんがいたの」

桃井さんは交通事故が原因で全身麻痺《まひ》と昏睡《こんすい》状態になっていた。身寄りもなく、彼を訪ねてくる見舞客はほとんどいなかった。

「話に聞くともう二年ぐらいずっとそのままになってるらしいのね。病院としても退院させたいんだけど、何しろ身寄りがなくて……」

結局、行政の施設が空くまで病院で待機することになったのだという。

「その頃から独居の人で、こういうパターンが多かったのよ」

ある時、身体を拭《ふ》こうと包帯を外すと妙なものが目に入った。

「こう爪でひっかいたような傷だったのね」

醜いミミズ腫《ば》れが腹部一面に散らばっていた。幅が細いぶん本当のミミズがのたうった痕《あと》のようにも見えた。

「うわ、これは酷《ひど》いなって思ったのよ。何ヶ所かは膿《う》んでたしね」

妙だった。傷は何重にも巻かれた包帯のなかにあったのだが、桃井さんは包帯を外すことはおろか、手を自由に使うことすらできないはずだった。

別の人のいたずらだろうか？

「でも彼は六人部屋だったんだけど、同室の患者さんはみんな似たり寄ったりのおじいちゃんばかりだったの」

ベッドから点滴を受けながら食事を摂《と》るような老人たちがわざわざ起き上がってそんないたずらをしにくるとは思えない。そもそも人に見つかってしまうだろう。

その後も傷は治っては発生し、治っては発生しを繰り返した。

担当看護師としては原因を知りたかった。

「それで師長に訊《たず》ねてみたのね」

意外にも師長はその事実を知っていた。

「『あ、あれは仕方ないわ。酷い褥瘡《じょくそう》にならないように清潔にしてあげてください』っていうのよ。わたしが『あれは本人がつけたものじゃないと思いますよ』って突っ込むと」

「そうなの。そうらしいのよ」

と師長は興味なさげに呟いた。


ある日、吉崎さんは仲間の看護師同士で夕勤明けに居酒屋に行った。

「そこで桃井さんの話が出たの。そしたら彼は配送の仕事をしてた時、飲酒運転で死亡事故を起こしたらしいのね。もちろん、本人もあの調子だから裁判とかはなかったんだけど……」

被害に遭ったのは幼い園児ふたり。母親の目の前での出来事だった。

「うちに来たのは事故から一年ぐらい経ってからなんだけど、はじめに気がついたのは師長だったの」

同僚が呟いた。

「けっこう、騒ぎになって、犯人探しになったんだけど」

結局、犯人も原因も全くわからなかった。

わかったのは桃井さんが自らの手で幼い子供を殺し、刑事罰を受けることもなく、そこにいるということだけだった。

「なんとなく誰も騒がなくなってね……」

腹の包帯に手を入れている子供の姿を見たとかいうことではなかった。

ただ単にみなが、あの傷に関しては納得したという感じだったのだという。

「それから二年ぐらいかな。私がいたのは」

吉崎さんが勤めている間中、幅の狭いミミズ腫れは、時に弧を描く凹みを赤い線に沿って散らしながら腹の上を治っては現れ、治っては現れし続けたという。

携帯

藤村《ふじむら》さんは先日、妙な電話を受けた。

「次の日が早かったので、その晩は早めに寝ていたんです」

気持ち良く夢を見ているところへ、ベッドサイドの携帯が鳴った。

「もう〜」

文句をいいながら電話に出た。

「実は次の日、大学の友だちと四人でドライブに行く予定にしていたんです」

『もしもし……』

女の声だった。

「はい」

『明日《あした》、だめだよ。明日はなしだよ』

「は？　だれ？　なくなったの？」

『なし……なしだからね』

「なんだぁ、もう。どうして？」

『だめなんだよ！』

突然、相手の声が怖くなった。

ハッとして相手が誰だか確認していないことに気づいた。

「知り合いには違いないんだけど思い出せなかったんです」

電話は切れていた。ランプを点《つ》け、着信を確認しようとして驚いた。

「それ、解約した携帯だったんです。まだアドレスやメモが残ってるんで持ってたんですけれど……」

それがたまたまベッドサイドの新しい物のそばに置いてあったのだという。

自分で置いた覚えはなかった。

もちろん、試しにかけてみたが繋がるはずもなかった。

『だめなんだよ！』

自分と同じ年頃の女の絶叫が耳にこびりついて離れなかった。

翌日、彼女はドライブを欠席した。

仲間は帰り道、反対車線を飛び出してきた大型トラックと正面衝突し、三人が重傷、助手席に乗っていた女の子が死亡した。

「本来なら、わたしが乗っているはずの席でした」

あまりのショックで混乱し、当時はわからなかったが、いまははっきり掛けてきたのが誰かいえるという。

絶対に知っているはずなのに思い出せなかった人。

「自分です。あれはわたしの声でした」

藤村さんは、いまでもあのときの携帯を大切に保管しているという。

尻《しり》餅《もち》

大和《やまと》さんが小学二年生になったばかりの頃のことである。

長患いをしていた母方の祖母の容態が急変したということで急遽《きゅうきょ》、学校を早退し、お見舞いに行くことになった。

大和さんはひとりっ子だった。

「おばあちゃんの家は車で三時間ぐらいのところなんですけれど、とても田舎で、どこに行くにも山道を下りたり上ったりしなくちゃならないんです」

途中のドライブインで休憩し、山道にさしかかって小一時間もしないうちに車の調子がおかしくなってきた。

不意に胴震いのように揺れ、がくんとスピードが落ちる。かまわずアクセルを吹かすと喘《あえ》ぐような音をさせ速度を上げていった。

「ボロ車が……」

煙草をくわえたお父さんがイライラしたように呟《つぶや》いた。

既に周辺に民家はなく故障すれば電話のあるところまで歩かなくてはならない。

と、突[illegible]と大きな音がすると車体が傾《かし》ぎ、ぶるぶると痙攣《けいれん》するようになった。

[illegible]パンク[illegible]参った」

外に出たお父さんが呆《あき》れたようにいった。

大和さんも降りることにした。

タイヤの下側が道路に溶けたようになっていた。夏の日差しが片側一車線の道路を灼《や》いていた。

「時間かかるからなかで待ってなさい」

お父さんはそういうとトランクからスペアタイヤとジャッキを取り出した。

大和さんは日陰になった後部座席に移ると漫画を読み始めた。

涼しい風が通った。

子供ながらに緊張していたのか気持ちが良くなるといつのまにか、うたた寝をしてしまった。

「おい……」

そう声をかけられた。

見ると運転席に座っているお父さんがバックミラー越しに怖い顔をしている。

「あ、ごめんね」

自分だけ楽をしていたのを咎《とが》められたのかと思い、謝った。

「危ないから、降りな」

「……うん」

後から考えると、お父さんは車に乗っているのに、なぜそうも素直に従ったのかわからなかった。

ドアを開けて外に出ると車から離れた。

物凄《ものすご》い数の馬が地面を蹴立《けた》て駆け下りたように地面が揺れた。

目前で車がボーンと鞠《まり》のように撥《は》ね飛ばされると彼女の背後にあったガードレールをなぎ倒して崖《がけ》から飛び出し、落下していった。

全てはパンッと手を叩《たた》く瞬間の出来事だった。

獣のような怒声に腰が抜けた。

運転席にいたはずのお父さんの声だった。

車の消えたガードレールに向かい狂ったように駆け出したお父さんは、大和さんの[illegible]を呼んでいた。

駆[illegible]ードの出し過ぎから反対車線に膨らみ、車を撥ね飛ばしたトラックの運転手も地[illegible]込んで、しくしく泣いている大和さんを見て、お父さんはへなへなと尻[illegible]た。

餅をついた。

「父はタイヤを取り付け終わった後、おしっこをしに行ってたらしいんです」

祖母は見舞いにやってきた孫娘を見ると何も聞かぬうちに「よかったえ」と呟き、翌朝、静かに息を引き取った。

パグ

悲鳴を聞いたのは休日の早朝のこと。

「よくドラマで普通の声じゃなかったなんていうけど、あれは本当ね。キャーでもギャーでもなく。そのあいだにもっといっぱい音が詰まってる。ギィギュギャヤァエアーみたいな音で。その日はかなり疲れてたと思うんだけど、すぐに目が覚めちゃった」

悲鳴はカエデさんの部屋の上でした。

「上は屋上なのよ。だから人はいないはずなんだけど」

奇妙な悲鳴を聞いて起きてしまった彼女は飼い犬のパグを膝《ひざ》に乗せテレビを見ていた。

「なんだか厭《いや》な感じがして二度寝できそうにないし、見に行く気もしなかったし」

やがて階段の辺りがガヤガヤと騒がしくなり、救急車がやってきた。

すべてが終わったときは既に九時を回っていたという。

「騒ぎが静まってから外に出たんですよ」

彼女のマンションは四階建て。エレベーターはない。階段を下りると数人の主婦が固まって話をしていた。おはようございますと挨拶《あいさつ》すると、なかのひとりが声をかけてきた。

「あんた、知ってる？　屋上で首つりがあったのよ。ナカタさんの奥さんがさぁ……」

やっぱりと思った。ナカタの奥さんというのは気鬱《きうつ》が激しく、長い間、入退院を繰り返していた女だった。痩《や》せた腺病質《せんびょうしつ》な人で会釈をするとあちらも微笑みながら頭を下げるのだが、次の瞬間には顔つきががらりと変わっていたりして、ちょっと怖い印象があった。

「ナカタさんだったんですか？」

「違うの。見つけたのがナカタさんで、死んでたのはもっと若い子。この辺の子じゃないんだって。千葉とか、ずっと向こうのほう」

女たちは聞きかじったばかりの話をした。それによると夜中のうち屋上に忍び込んで縊死《いし》していた女性と、どういうわけか同じように早朝、屋上に上ったナカタの奥さんが出くわしてしまったということらしい。

「もう半狂乱。あれじゃまたしばらくは出て来れないわよ。ここの屋上もなんか鍵《かぎ》とかかけなくちゃだめねぇ」

確かにカエデさんのマンションの屋上は扉に鍵がかかっているわけでもなく階段を上りさえすれば誰でも上がることができた。

その辺りからのことであった。

夜中に喉《のど》が渇き、ミネラルウォーターを飲もうと冷蔵庫を開けていると、かたり……と音がした。

ドアポストのふたが揺れたと気づいた。

時刻は二時を過ぎたばかり——朝刊が来るには早すぎる。

彼女は手にボトルを持ったままドアを見つめていた。

ドアポストにはプラスチック製でUの字の箱が取り付けてある。だから彼女の位置からは直接、ふたの状態を見ることはできないが、開いているような気がしたのだという。

「向こう側から指でふたを押し上げて……」

こちらを窺《うかが》っているような気配があった。

それを証明するかのように静まりかえった室内にもう一度、かたり……と音がした。

ふたが閉じたのである。

「動けませんでした……だって」

相手の去る音が聞こえなかったのである。

すると不意に、いままで寝ていたパグが突進してくると吠《ほ》え始めた。

「無駄吠えをする子じゃないんですけれど」

パグはけたたましくドアに向かって吠え続けた。

彼女はドアに近づくとスコープであちら側を覗《のぞ》いてみた。

あ、と思った。

「うちの部屋、階段の前なんです」

自殺した女はこの前を通っていったはずである。


パグはそれ以降、深夜に吠えることが多くなった。

「初めはドアの辺りに吠えていて……それからだんだん、部屋のなかに戻ってきて天井に向かって吠えるんですけれど」

吠えながら玄関から室内へと徐々に後退《あとずさ》りするのだという。しかし、顔はしっかり正面を向いたまま。ただただ後ろ足で下がり、大抵それは寝室で終わった。


ある日、カエデさんは屋上に上がってみた。

すると菊の花束が供えられていて、線香の灰も溜《た》まっている場所があった。

彼女の部屋、寝室の真上であった。

「それからなんとなく気持ちが悪くて……。仕事が遅くなって帰る時なんか玄関ホールの薄暗い蛍光灯の辺りに何か立って待っていそうな気がするし」

パグの様子がおかしくなった。

「夜中に唸《うな》ったり吠えたりは相変わらずなんだけど」

顔にできものが出て、それが固まって腫《は》れてきた。

「もともと皺《しわ》が多いから不潔にするといけないんだけど」

医者に行き、ステロイド軟膏《なんこう》などをもらって塗り込んでみたが治りは遅かった。

頬から鼻、瞼《まぶた》にかけて大きく瘤《こぶ》のようになり、なんとなく……。

「人の顔のようになってきていたんです」

深夜、ごとり、と厭な音で目が覚めた。

ずっ……ずっ……と部屋のなかを何かが這《は》い回る音がしていた。

体が動かなかった。

枕元にはパグが体をぴったりとつけて眠っていた。

ずっ……ずっ……。

視線だけ音のするほうへ向けた。

トカゲのように床にへばりついた女が暗い室内を回っていた。

「はー」

無意識に口からため息が漏れた。

女の動きが止まり、次の瞬間、彼女に向かってきた。

――目があったら狂ってしまうかもしれない。

ベッドの端に何かがぐっと、のしかかった瞬間、彼女は救いを求めるようにパグへと目を背けた。パグの体に鬱血《うっけつ》した顔の頭がついていた。

『うふっ』

それは犬らしからぬ顔つきで笑うと彼女の頬に嚙《か》みつき、同時に反対側から冷たい手がパジャマのなかにぬっと差し込まれた。

彼女は失神した。


「翌日には引っ越しの準備をして出てました」

部屋を出るとパグのできものは直に治ってしまった。

「あの部屋、いまでもネットに出てるんですけれどやっぱり長く居着く人がいないみたいで……」

二三ヶ月おきにアップされているという。

もちろん、自殺云々《うんぬん》については触れられていない。

「部屋のなかじゃないですからねぇ……知らせるかどうかは自由なんでしょうね」

カエデさんは首をすくめた。

実験

須藤《すどう》君は中学に上がったばかりの頃、ある実験をした。

「墓石の周囲に墨を入れたバケツを並べて『霊拓』を取ろうと思ったんです」

狙うのは周囲が土ではなく敷石で囲まれた墓石。墨のついた足跡が石に付着するからだ。

「幽霊に足なんかないんじゃないのか」

「いや、それは小説の読み過ぎです。いれば絶対にあります」

とにかく今でも『足あり派』の彼は知り合いの寺に頼み込んで毎日、墨の入ったバケツを並べた。

「そこの住職も変わった人で、それは面白いからやれっていうんです」

墓は『出そうなもの』を住職に選んでもらった。

「そしたら割と良い墓がぐるりと並んでいるなかに、打ち棄てられたような古いのが一基あったんです。住職によると先代の頃に作った墓で何か事件に巻き込まれてしまった家族が入っているのだけれど、もう二十年以上も前からお参りに来る人もなくて、連絡は取ってみたんだけれど、どうも……」

親戚《しんせき》一同、全滅してしまったらしいという。

「あれなら祟《たた》って出てきてもおかしくはないぞ」

住職の言葉に須藤君は、その太鼓判の墓で実験することにした。

「で、見たら本当に廃れた墓で。石は半ば壊れているし、水や花を生ける台も無くなっちゃってるんです」

普通は礼儀として使わせてもらう前にきれいにするのだろうが、それで成仏されては困ると思った須藤君はあえてそのままの状態で実験をすることにし、成功したらお礼かたがきれいにしようと思っていた。

方法は夕方、寺が閉まる直前にバケツを並べ、翌朝、様子を見にいくといった単純なものだった。もちろん、雨の日は中止。

「で、予想はしてたけれど何も起きなくて」

一ヶ月近く、ただ墨の入ったバケツを並べては下げるだけの日が続いた。

「よく自分でも続けたなと思うんですけれども。やっぱり見たい見たいっていう若い執念だったんだと思うんですよ」

そんなある朝、いつものように墓地にやってくると敷石に黒々とした跡が残っていた。

「はっ！　って本当に息を飲みました。まさか、そんな、絶対にありえないだろうと頭のなかでは思ってたんで」

墓石の周りのバケツのひとつからそれは続いていた。

犬や猫でないのは足跡でわかった。

「ちょっと変わった跡だったんです。普通の足跡より細長い感じに見えました」

彼は用意していた和紙を取り出すと墨の跡に屈《かが》み込み、その上に押し当てよく転写するよう丁寧に手で紙の上から敷石を擦《こす》った。

「思った以上にちゃんと取れたんです」

彼はその足で本堂脇の母屋《おもや》に駆け込み、住職に取れた！　取れた！　と叫んだ。

その声にやってきた住職は顔色を変えた。

「おまえ、どうした？」

「え？」

見ると手が血だらけである。

和紙にも血痕《けっこん》がべったりとついていた。

「右の手のひらの皮がごっそり剝《む》けてしまっていたんです」

連絡を受けた母親がやってくるまで包帯で簡単な手当をしてもらうと、彼は住職と一緒に墓の前に戻った。

するとずらりと並んだ敷石のひとつひとつに血で大きく『呪《じゅ》』と殴り書きされている。

「全部で二十個ほどありましたよ」

そのひとつひとつが皮の裂けた手を使ってごりごりと血を塗り込んでいた跡だった……が、彼にはそんな覚えはひとつもなかった。

「……おまえ、取り殺されるかもしれんなぁ」

住職は人ごとのようにそう呟《つぶや》くと墓の周りのバケツを片付け始めた。

墨の跡などどこにもなかったという。

「もちろん和紙にも僕の血以外はありませんでしたね」

右手の傷が完治したのはその年の暮れ。

それっきり寺に行くことはなくなった。

彼が高校に上がる頃、住職は墓地の隅で縊死《いし》しているのが発見された。

あの墓の傍であったかはわからない。

ストーカー

「ちょっと軽いパニック障害にかかり始めの頃だったんです」

緒方《おがた》さんは夕方になると決まって自分を尾行する者がいることに気がついた。

「背丈の似た人なんです」

相手はベージュのコートに帽子、マスクをしていた。

「就職活動がうまくいかなくて、精神的にもぼろぼろでした」

初めに気がついたのは電車のなかだった。

「中央線でお茶の水から新宿に行くと途中でトンネルになるじゃないですか」

ふと暗くなった窓に目を向けると自分を見ている人間に気づいた。

「離れてはいたんですけれど、もう顔を真横にしてましたから変な人がいるなとそのときはそれぐらいの気持ちだったんです」

それから頻繁にその人物を見かけるようになった。

駅のホームや雑踏にいる。デパートのエスカレーターですれ違う。ふと見上げた階段から見下ろしている。

「興信所の人だとしたら、あんな妙な目立つ格好をしているわけがないんで」

気味が悪くなった。

流行のストーカーか変質者だと思うと夜道が怖くなり、実家にいた頃が無性に懐かしく思えた。

志望の会社からは何の連絡もなく、ただただ人事課への手紙と面接試験だけを繰り返していた。

もともと人の多いところが苦手だった彼女はたびたび電車などで息が苦しくなったり目眩《めまい》を覚えた。

「こんなことじゃ入社したとしてもやっていけないんじゃないか……そう思うと、いまやってること自体がすごく無駄なことのように思えたりして……」

最悪だった。部屋に籠《こも》ったまま泣き通したこともあった。

しかし、このままではだめになると勇気を振り絞って就活を続けた。

ふと気がつくとあのストーカーは背後にいるようになっていた。

「振り返るとさっと物陰に姿を隠すんです。こちらももっと何かされたら警察とかにいえるんですけれど」

相手はただ黙って尾行していた。

ある日、立て続けに三社の不採用が舞い込んだ。これでほぼ希望の業種には就けないことが確定してしまった。

彼女は何をする気にもなれず、その日は部屋でぼーっと過ごした。

夕方になって朝から何も食べていないことに気づき、コンビニでおにぎりでも買おうと外に出た。

すると視野の隅、廊下の向こうでさっと物陰に隠れたものがあった。

ベージュのコート。帽子。

たぶん、あれがキレるということなんじゃないかと彼女はいった。

「もうぉぉ！」とも「うおぉぉ」ともつかぬ叫びをあげ、彼女は物陰の人物に突進した。

既に見かけてから半年近く経っていた。

「なんなのよ！」

意外に小柄な相手は、顔を隠すように身を屈めていた。

相手の振った手が彼女の顔に当たった。

「ねえ！　いいかげんにしてよ！」

緒方さんが相手を押すと帽子が落ちた。

長い髪がばさりと現れた。

……女⁇

てっきり相手は男だとばかり思っていた緒方さんは虚を突かれた。

が、次のショックはそれを遥《はる》かに凌駕《りょうが》していた。

自分だった。

緒方さんは目の前に自分を見ていた。

相手の目には何の表情も浮かんでいなかった。満員電車やエレベーターで人が人に向ける目と同じまなざしがあった。

気がつくと緒方さんは部屋の玄関で倒れ込んでいた。

翌年、彼女は就職を諦《あきら》め大学院へと進んだ。

現在は希望通り、放送局でディレクターをしている。

「いまでもベージュのコートで長い髪を見るとドキッとしますけど……」

あれ以来、彼女はトレードマークだった長い髪を切り、ショートカットになった。

形見

飯塚《いいづか》さんには、さっちんという幼なじみがいた。

「同じ団地の同じ階。年も学校もクラスも同じだったから」

ふたりは互いの家を交互に行き来するほど仲が良かった。

頭が良くて運動もできたさっちんはクラスの人気者だった。

ご両親はひとり娘でもある彼女をそれはそれは大切にしていた。

高校が決まると、さっちんの家族は団地を出て郊外の一戸建てに越していった。

ふたりとも高校は別々だったが、仲の良さはかわらなかった。

将来、歌手を目指していたさっちんは希望に燃えていた。

「それに引き替えわたしは全然、将来の進路が決まってなくて」

その頃、よく飯塚さんのご両親はさっちんを引き合いに出しては彼女に将来のことを真剣に考えなさいと迫った。

「昔っからそうだったんですけれど、それでも小学生の頃にいわれてたのと重みも意味も違いましたからね」

さっちんがダンススクールに進み、飯塚さんが短大に進んだ年の暮れ、いきなり両親から携帯に電話がかかってきた。

「あんた、大変！　さっちゃん亡くなったよ」

驚いて帰宅すると母親からさっちんが交通事故に遭ったと知らされた。

病院に駆けつけると既にさっちんの体は地下の安置所に移されていた。

「わたしと電話してる最中だったんですよ」

さっちんのお母さんはそういうと泣き崩れ、ご両親はふたりとも見る影もないほど憔悴《しょうすい》しきっていた。

原因は運転手の脇見だった。

葬儀の席でさっちんの父親は、

「わたしたちの手元に残ったのはこれだけになってしまいました」と彼女の携帯を取り出した。

ムービーの再生ボタンを押すとさっちんの歌が聞こえてきた。

「自分でどんな風に聞こえてるのか確認してたみたいです……」

やがて飯塚さんは短大を卒業し、幼稚園の先生を目指すことになった。

「その頃になると、さっちんの家にもあまり顔を出さなくなったんですよね」

なんだか自分だけ楽しげにしているのがご両親の前に出ると悪いような気になって

しまうのだという。

「馬鹿げた考えだとは思うんですけれど……」

そんなある日のこと飯塚さんがデートから帰宅し、部屋でくつろいでいるとメールが入った。

『さっちん』とあった。

驚いて見てみるとひと言だけ。

『げんき?』

「わたし、たちの悪いいたずらだと思って『悪ふざけにもほどがあるよ!』って送り返したんです。そしたら……」

携帯が鳴ったという。

液晶には『さっちん』とあった。

電話は三度かかり、三度目が留守電に変わった途端、部屋の窓がバンッと音を立てた。

驚いてカーテンを開けると手の跡が付いていたという。

その日がさっちんの命日だと気づいたのはその時だった。

週末、さっちんの家に行き仏前に線香をあげた。

母親はすっかりぼけてしまい、飯塚さんのことがわからなかった。

父親の話によるとさっちんの携帯はいまでも料金を払っているという。

「たまに基本料金以上に引き落とされることがあるんですけれど、放ってあります。あの子が好きに使ったんなら、それで良いと思って……」

と、仏壇の引き出しから懐かしいストラップの付いたさっちんの携帯を取り出して見せてくれた。

飯塚さんの着信履歴には何も残されていなかったという。

正気玉

軍田《ぐんだ》君のお父さんは昔、僧侶《そうりょ》になろうと修行したことがある。はっきりはいえないのだが、かなりの名刹《めいさつ》での厳しい修行だったという。

「で、あるとき、そこの一番偉い坊さんが親父と仲間を呼んで説法をしたらしいんだよ」

その師はとても有名な人で、直々に説法を受けることなど、とても畏《おそ》れ多く名誉なことであった。

「親父たち三人は一列に座って、偉い坊さんの話を聞いていたんだが、暫《しばら》くすると様子がおかしくなったんだって」

なにやら言葉が聞き取りづらく、さらには内容も実に不明瞭《めいりょう》。

普通ならば、おかしいと気づくはずだが、そこはそれ大僧正でもあるので文句もいわず莫迦《ばか》真面目に黙って聞き入っていた。

部屋のなかには師と三人の弟子しか居なかった。

と、突然、師が大きくのけぞったかと思うと咳払《せきばら》いを一発。

「げほぅっ！　っていう感じの、どでかいやつだったらしい……」

突然だったので面食らっていると師がぽかんとして黙ったまま彼らを見つめている。

「というよりもボケーっとしていたらしいんだな」

どうしたんだろうと困った親父さんが仲間を見ると、端の男が床の辺りを指差して
「なんだこれ？」と呟《つぶや》いた。

パチンコ玉ほどのきれいな球だった。

「透き通った水色の縞《しま》がある、内側から光っているような球だった」

彼の話では師が咳《せ》き込んだとき、自分の胸元に当たったのだという。

師は相変わらず動かない。

と、何を思ったのか真ん中の男がいきなりそれを拳《こぶし》で叩《たた》き潰《つぶ》してしまったという。

途端に師は、たがが外れてしまったかのようにゲラゲラと口から泡を吹く勢いで笑い出した。両目がぎりぎりとあべこべを向いたのを親父さんはハッキリと覚えていた。

騒ぎを聞きつけてやってきた高僧たちがあわてて師を運び出した。

当然、説法はそこで終わってしまった。

「三人とも全国から集まっただけなんで、その後はちりぢりばらばらになっちまったらしいんだけどな……」

師はそのまま発狂してしまったという。

結局、大僧正といわれてもそれを支えているのは、あんなちっぽけな球ひとつのことなのだと、それっきり親父さんは僧侶になる道を捨て、家業の海苔《のり》問屋を継いだ。

「あれを飲み込んでいたらどうなっていただろうか……と考えることがあるよと死ぬ前に親父はよくいってたなあ」

軍田君は苦笑しながら頷《うなず》いた。

厭《いや》な本

「二年ぐらい前から探していた本だったんですよね」

阿部《あべ》さんは今年の春、会社帰りに神田の古書店で一冊の文庫本を発見した。

「前に一度だけオークションに出ているのを見たんですけれど、その時は八千円ぐらいのプレミア価格で……」

とてもじゃないが諦《あきら》めていた。その本が偶然、通りかかった古本屋の店頭に並んでいたのだという。

「三冊、百円のゴンドラのなかにあって」

何か勘が働いたので覗《のぞ》き込んだのだけれど、本当に見つけた時は正直、声が漏れてしまったという。

彼女はカウンターに行くと店主に「これ長い間、探していたんです」と声を掛けた。

店主は「そりゃあ、良かった。うちも嬉《うれ》しいよ」とニコニコしたという。

帰宅するまで我慢できず、電車のなかで早速、読み始めたのだが……。

「やっぱりっていうか、安いは安いなりの理由があるなっていう感じだったんです」

その本には余白に前の持ち主の書き込みがかなりの頻度であったのだという。

「たぶん、小説とか自分でも書いている人なんだと思うんです」

気に入った台詞《せりふ》のところには『このセリフがすごい』などと丸囲みがしてあり、また『この女をここで登場させる』などというのもあった。他にも色々と気づいたことをメモってあるのだが、どうにもこうにも読みづらい。

「どうしても印刷の字よりも目が行っちゃうんですよ」

それでも折角だからと彼女は我慢して読み続けていた。さすがに名作だけあって、やがて本文に没頭することができたという。

「帰宅して一旦《いったん》、シャワーを浴びて寝る準備をしたんです。残りはベッドで、ゆっくり読もうと思って」

阿部さんは酎《ちゅう》ハイを片手にベッドに行くと続きを読み始めた。

ところが困ったことに書き込みがだんだん、酷《ひど》くなってきたのだという。

「それまでは文字に重ならないように配慮して丸が付けてあったりしたんですが……」

内容も徐々に参考のためとは思えないものになっていったという。

『ああ、だめだだめだ』『神には成れない』『この文、この一文がにくい』

「クライマックスの辺りになると、もう一ページが丸ごと書き込みで潰れていたりして。それに書き込みだけじゃなくて挿絵っていうか、髪の毛を逆立てて怒ってる女の顔なんかもあったりして」

前にこの本を持っていたのは、まともな人間じゃなかったんだと阿部さんは思った。ページに赤黒い指紋が残っていた。血だと感じた。

「指紋が真ん中に押してあって、余白に『いやだいやだいやだ』っていう字がびっしり書き込んであったんです」

さすがに読む気が失《う》せた。既に深夜になっていた。

巻末の奥付を見ようとしたとき、最終ページが前のページと貼り付いているのに気づいた。

阿部さんは紙を破ってしまわないよう丁寧に剝《は》がしてみた。

『いまのおまえのうしろにたつ』と太字で書いてあった。

思わず振り向いた。ベッドの背にある壁に異変はなかったが、不意にベランダや部屋の外の音がよく聞こえるような気になった。彼女は枕元にその本を置いておく気がせず、立ち上がると台所のごみ箱に捨てに行った。

台所の横はトイレである。前を通ると、ふーっとドアが音も立てずに開いたという。暗い中身が丸見えになった。彼女は文庫本をゴミ出し用のペールのなかに落とすとドアを閉めた。風が入り込んでいるはずはなかった。二年ほど住んだが、こんなことは初めてだった。

彼女は手足の先が急に冷めたような心持ちがし、ベッドに潜り込むと目をつぶった。小説の内容よりも書き込みの文言や悲愴《ひそう》な女の顔の落書きが頻《しき》りに思い出された。外で女の笑い声が聞こえた。彼女はベッドのなかに身を沈めるようにしたという。

ふと目が覚めると首筋がすーすーと涼しかった。身じろぎをするとチクチクした物がまとわりついていた。無意識に顔へ手をやるとザラリとした感触が伝わってきた。

部屋のなかは既にうっすらと明るくなっていた。

身を起こすと同時にスタンドのスイッチを点《つ》けた。

どさっという感じで腹の辺りに落ちて、わだかまったものがある。

毛だった。

反射的にベッドから飛び降りる。自分の寝ていた周囲には髪が散乱していた。

首がすーすーする。触れると項《うなじ》に直接、冷たい指が触れた。

「なにこれ？」

部屋中の電気を点け、トイレの前の洗面台に立つ。

鏡のなかから、ざんばら頭の女が悲愴《ひそう》な顔で睨《にら》みつけていた。洗面台には長い髪がごっそりと溜《た》まり、その隙間から鋏《はさみ》が刃を覗かせていたという。

「わけが判らなかったけれど……外から誰も入ってきた形跡はないし」

自分がやったとしか思えないんですと彼女は呟いた。

本は燃えるゴミの日を待たず、駅のゴミ箱に投げ入れた。

「そのときだけ。たった一度だけの経験でしたけど」

以来、本も服も新品で買うようになった。

憑《ひょう》が出る

戸戸村《ととむら》さんが小学三年の夏休みの頃の話。

「もう近所の公園なんかでは盆踊りの飾り付けが始まっていた時期でしたね」

戸戸村さんは両親と妹の四人家族。

「三年の春までは社宅に住んでいたんですけれど」

夏休みになってから念願のマイホームに移ることになった。

お父さんは自宅から電車で一時間ほどのところにある家電メーカーの工場に通っていた。お母さんは子供たちが学校にいる合間を縫って、スーパーでパート勤めをしていた。

極々、普通のどこにでもある家族だったという。

「家は中古の二階建てで、一階が居間と台所と風呂《ふろ》。それに客間に使う六畳。二階にあたしたち姉妹の部屋と寝室があったんです」

家の構造上の問題だったのだろうか、居間の庭側の壁がぼっこりとそこだけ突出していたという。

「幅でいって一メートル弱ぐらいかなぁ。家の骨組みか何かが入ってるんだと思ってました」

近所で夏休み恒例の夜店が始まった。広い道路の両側に屋台が五六百メートルほどにわたって出るのである。祭りではないが、近隣の子供たちは大はしゃぎで屋台に出かけ、そこで友だちと出会うのを楽しみにしていた。戸戸村さんも妹と一緒にお母さんに連れ出して貰《もら》ったという。

帰宅すると妙な光景があった。

お父さんが居間で正座をしていた。太り気味の足を窮屈そうに折り曲げている。壁を見ていた。

「どうしたんですか？」

お母さんが問いかけても返事はなかった。

ふざけているのかと思ったお母さんが肩に手をかけるとお父さんは我に返り、「あっ」といった拍子にバランスを崩して転がった。

「なにやってたんですか？」

「俺が？　何を？」

お父さんは全く身に覚えがないというような風ではあったものの、ではその間なにをしていたかと問われると口ごもるだけで自分でも些《いささ》か妙だと居心地悪そうにしていた。

　翌日、戸戸村さんが帰宅するとお母さんが青ざめた様子で台所の椅子に腰掛けていた。

「どうしたの？」

　あまりの様子に怖くなった戸戸村さんが声をかけると、その返事を待つまでもなく異常に気づいた。

　居間に妙なものが出現していた。

　穴だった。それも人がひとりすっぽり隠れるような穴が居間の壁に開いていた。

　壁の横には貼り紙があった。

『さわるな』

　父の字だった。

「何コレ？」

「わかんないのよ。会社に電話したら、お父さんが出て、俺が掘ったっていうの」

「なんで？」

「理由はいわないのよ。わかんないの。あたしがパートに行ってる間に会社を『中抜け』してやったみたいなの」

　お母さんは穴の縁のぎざぎざを気味悪げに触り、中を覗《のぞ》き込んだ。案外、そこは深かったように思うと戸村さんはいった。

その夜、お母さんは娘の部屋で寝た。

「これは後で聞いた話も付け加えてのことなんですけれど」

お父さんは帰宅すると背広などを脱ぎ、下着姿になると穴のなかに入ったのだという。

もちろん、お母さんは初めはいつものように夫婦口で「なんてことしてんのよ！」ぐらいに話しかけていたのだが、とにかく玄関を入ってきたときの様子からおかしかった。赤の他人を見るような目でお父さんはお母さんを見、どんどん部屋のなかに上がり込むとお母さんとひと言も口をきかず、穴のなかに入った。

「正直、頭がおかしくなってしまったのかと思って動転したそうです。でも家も買ったばかりだし、あたしたちもいるしで」

お母さんは取り乱して騒ぐことはやめようと思ったらしい。

お父さんは朝になると穴から出、そしていつものように着替えると出勤していく。

「見送りに出た母によると近所の人には普通に『おはようございます』なんて挨拶《あいさつ》してるらしいんです」

但し、お母さんや家族とはまともな会話をすることはなくなった。

お父さんは会社が終わり、帰宅すると穴に入った。食事もとらず、風呂にも入らなかった。

「三日ぐらいすると、さすがに母は心配して穴の前におにぎりとか置いておくらしいんですけれど」

朝になっても手をつけた形跡はない。

お母さんは戸戸村さん姉妹には「お父さんはちょっと疲れてしまった」と説明し、普段通りの生活をするように告げた。なので、お父さんが穴のなかにいる間も居間で食事を続け、テレビを見ていたという。

「でも、何かの拍子に穴を見ちゃうんですよね。怖いじゃないですか。気にもなるし」

すると穴の縁に手をかけて、お父さんは彼女らを内側から見つめている。

「眩《まぶ》しいものを見るように目を細めてるんですけれど」

なんだかそれは知っているお父さんの顔ではなかった。妹が居間で食事をするのを厭《いや》がるようになり、戸戸村さんもげんなりした。遂にお母さんはこのままでは……と思ったのか遠く離れたお父さんの実家に電話をかけた。

「あ、ヒョウがでたか」と電話に出た戸戸村さんの祖母は告げた。

そしてお母さんに穴の前に鳥の骨を置くように告げ、それを齧《かじ》るようになったら注意せよといった。その後の手筈《てはず》を説明し、最後に「あの子は兄弟でも一番、気が弱かったからヒョウが出たんだ。すまないが頼む」と付け加えたという。

そのときから穴の前に骨が置かれた。

翌々日、深夜、戸戸村さんがトイレに立つと『こりり……』と階下で音がした。足を停め、息をひそめると『こり、こりり、こり、こりり……』確かに硬い物を齧る音がする。慌てて用便を済ませた戸戸村さんは寝室に戻るとお母さんを揺り起こした。お母さんは戸戸村さんに「あんた、お姉ちゃんなんだから、頼むよ」といって押し入れから張り子の人形の首を出すと自分が寝ていた場所に置いた。そしてそっと出ていったという。

戸戸村さんは何も知らずに寝息を立てている妹と共にお母さんの置いていった人形を挟んで川の字になって寝たふりをしていた。

ギッ。

階段の踏み板が鳴った。ギッ、ギッ……。

何かが上がってくるのだ。

かちかちかちかちかち……。ふっと寝室のドアが開くと暗がりのなかで蜘蛛《くも》のように四つん這《ば》いになったお父さんが歯噛《はが》みをして彼女たちを窺《うかが》っていた。そしてそのまま手足を伸ばし伸ばし、畳の上を滑るように移動すると戸戸村さんと妹のそばに寄った。生臭い息が顔にかかった。目をぎゅっとつぶっていると、やがて、ばり、ばりり……と耳の真横で音が始まった。あまりの怖さに目をうっすら開けてみると、お父さんは魚のようにまん丸の目をしてお母さんを模した人形の首にかぶりついていた。

そして「うふり」と喉《のど》の奥でひとつ笑うと、また蜘蛛のように出ていった。

お父さんが部屋を出ていったのと入れ替わりにお母さんが入ってきて戸戸村さんを抱きしめた。ふたりとも声を殺して泣いた。暫《しばら》くすると下で奇妙な声がし、ばたばたと駆け回る音がした。

「父は穴の手前で四つん這いのまま、ぐるぐる走り回っていたんです」

お父さんは這い回り、転び回り、もがき回っていた。それが延々と明け方まで続いたという。そして遂に『げぇ』と何かを吐き戻すように畳の上に向かって胴震いを二三回した途端、がったりと肘《ひじ》を折って顔面を畳に打ち付け、そのまま横倒しになると鼾《いびき》をかいてしまった。

昼前にお父さんの実家から伯父がやってきた。

「どうだえ？　無事だったか、あはあは」と玄関口で、学校を休んだ戸戸村さん姉妹の顔を見た伯父は笑った。

お父さんは次の朝まで眠り続け、翌日になってから目を覚まし、ケロッとしていた。何も覚えていなかった。穴を見て「誰だ？　こんなことして……」と力なく呟《つぶや》いた。

伯父さんは穴のなかにお札を数枚入れ、燃やした。

伯父はお母さんと戸村さんに「心配かけた……心配かけた」と繰り返しはしたが、ヒョウについては一切、説明しなかった。

「穴は埋めてぇ」

「俺も詳しくは知らないんだ」

恢復《かいふく》したお父さんは後日、そう呟いた。

あの夜、お母さんは祖母のいいつけ通り、自分の髪の毛を燃やして残った灰と脂を混ぜた芥子《からし》をたっぷり穴のなかに置いておいたのだという。

「あんたらの子にヒョウが出たら、うまくやりなさい」

今でも、皺《しわ》の増えたお母さんは思い出したようにいうことがある。

はっきりそれといった風でもなく……

馬淵《まぶち》さんが、それを見つけたのは今年の盆過ぎのこと。

その日、彼女は残業で遅くなり、深夜、駅前からタクシーに乗ったのだが、途中コンビニで買い物をするため、タクシーを降りた。

レジ袋ひとつをぶら下げて、夜道をとぼとぼ、ひとり歩いていたのだという。

「家の目の前でした」

木造の平屋、道路に面した側に両親の寝室、奥まったほうに彼女の部屋があった。

緩やかに道がカーブしているところ、家にくっつくような感じで電柱があった。

ふと見るとその根方がキラキラしている。

「赤い切り紙を粉末にして飛ばしているような感じでした」

高さは人の腰辺り、ひと抱えほどの微光する塊が水底の砂を掻《か》き散らかしたかのように揺らめいていた。

「何の色だろうってずっと考えていたんですけれど……」

その時には咄嗟《とっさ》に、赤とうがらしの表面に近いなと感じた。

虫のようなものが大量に発生しているのだと思った。少し遠巻きにしながらもっとよく見ようとした。

キラキラはずっと動いている。羽音がするわけでもない。虫であれば二三匹ぐらいは団塊から外れ、宙に舞ってもよさそうなのに、そういうことはなかった。

風はない。ならばどのような仕組みで掻き混ぜられているのか見当もつかなかった。

見飽きた彼女は自宅に帰った。翌朝、電柱の根方を確認したが、変わった様子はなく、土の盛り上がったところに鼻毛のような雑草がちょぼりとあるのみだった。

翌晩、やはり飲み会で遅くなった彼女が深夜、帰宅すると、それはあった。

気になったのは昨夜《ゆうべ》よりも色味がしっかりしていることだった。

「昨日はもっとくすんだ赤だったんですけれど、その夜はもっとはっきりしていました」

とうがらしの色ではないなと思った。

鮮血に近い。

突然、彼女は不吉感に取り憑《つ》かれ、さらに近寄って微光する塊に手を伸ばした。

するとそれは彼女の手を、すこうしだけ避《よ》けるように向こうへ退いた。

摑《つか》むということはならなかった。

触れようとすると、ふーっと退くのである。

彼女はそれを家の端からもっと離れたところへ移すことにした。両手をぱたぱた団扇《うちわ》代わりにして家から離す。団塊は毒々しい赤に変化しながら、彼女の為《な》すがまま隣家の駐車場脇へとふわふわと退いた。

彼女は腰を曲げながら、ふーふー言って光を退ける自分に気がつくと、我ながら阿《あ》呆《ほう》やなあと苦笑した。

暗がりに連れていっても、それは僅《わず》かな街の灯を摑んでは燐光《りんこう》を放っていたという。十メートルほど、退かせてから彼女は帰宅した。

明け方、突然、地鳴りがし、次いで家が轟音《ごうおん》と共に揺らいだ。

「地震だと思いました」

彼女が部屋を飛び出すと両親も血相を変え、廊下に立っていた。

その時になってこれが地震ではないと気がついた。調子っ外れなエンジン音が轟《とどろ》いていたのである。

両親と馬淵さん三人は外に出て言葉を失った。

大型ダンプカーが隣家の駐車場を押し潰《つぶ》していた。

運転席は完全に建屋に埋まり、荷台に記された白い車台番号のみが飛び出していた。

近隣の者がばらばらと集まっている途中で、隣家の住民も困惑の果てにあるような顔をしてよろよろと登場した。

「生きてたぁ」

彼らを見た者が悲鳴に近いような叫びをあげた。

原因は運転手のいねむりだった。

「隣のうちは寝室が道路の反対側、奥にあったので誰も怪我をしなかったんですね。あれがウチだったら両親は死んでたと思います」

馬淵さんは唾《つば》を飲んで頷《うなず》いた。

以来、あの燐光を見たことはないという。

蠟《ろう》石《せき》

塚田《つかだ》君は子供の頃、ふとしたきっかけで友だちから一ヶ月ほど仲間はずれにされたことがあった。

普段ならみなと遊んでいるはずの彼がぽつんとひとりでいるのを見かけても大人は誰ひとりとして声を掛けるでも、心配するでもなかった。

面白くなかった。

公園で歓声をあげて缶蹴《け》りや泥警をしている仲間をよそ目に彼は蠟石で落書きをした。

そのうちに公園にいるのが厭《いや》になり、彼は目の前の寺の門前から線を引いた。

ずるずるずるずる長い線をあてどもなく引いた。

夕暮れだった。もう帰らなければ親に叱られる。

しかし、ポケットには新品の蠟石がもうひとつだけ残っていた。

彼はそれを全部使ってしまうことに決め、寺から引いた線を途切らせないように露地をうずくまりながら進んだ。駐車している車の陰を抜け、自転車にぶつかりそうになっても、意地になって線を引いた。
蠟石はどんどんちびていった。
何度も握り方を変え、線がきつく描ける形にした。
しまいには人差し指と親指で摘《つま》んでいることさえ難しくなった。
最後の最後には千切れた箸《はし》先のように細ちびた。
指の下で蠟石が無くなる直前、彼はぐいと線を曲げ、或《あ》る家の玄関に終点させた。
そこは彼がよく行く歯医者だった。
線はそこで途切れた。
二日後、その家から弔いが出た。
生まれたばかりの赤ん坊が不意に死んだのだと聞いた。
塚田君は蠟石遊びを止めた。

土手女

島田《しまだ》君の通学路には女の焼かれた土手があった。

「首を絞められてからドラム缶に詰め込まれてガソリンをじゃぶじゃぶかけられて燃されたらしいんだよね」

正確には土手の上で絞殺され、土手下にある歩行者用トンネルの際で焼かれた。

「明け方だったらしいけれど、辺り一面にすっぱい肉の臭いが充満して」

近隣では取り込み忘れた洗濯物に、みっしりと煤《すす》がついたため処分した家もあるという。

冬、部活で辺りがすっかり暗くなってから島田君はトンネルに差しかかった。

「校則では禁止されてたんだよね。もともと痴漢やら強盗が出るっていうんでさ。でもそこを抜けると近道だったから。俺は気にしないで割と使ってたんだよね」

トンネルは大した長さもないため照明が一切ついていない。島田君の自転車のライトは壊れていた。

「土手の坂から一気にサッと下っちゃえば秒で抜けちゃう。簡単」

その夜も対向する自転車がないのを確認すると彼はブレーキをかけず、土手を駆け下りる、そのままの勢いでトンネルに突っ込んだ。

ぶおっと何かが顔を撫《な》でた。黒いカーテンに擦《こす》られた感じだった。

「あれ？」出口がなかった。あっという間の出口がなく、あるのは真っ暗な闇だけだった。「え？　え？」島田君は混乱した。こんなに長いはずがなかった。しかも喉《のど》がいがらっぽく、ざらざらした。まるで砂を飲み込んだように苦しかった。

ぽっという感じで突然、視界が戻り、トンネルを抜けた。彼は慌てて家に戻った。振り返る余裕すら無かったという。

玄関のドアを開け、転がるようにして飛び込むと、夕飯の支度をしていた母親が物音に驚いた顔でやってきた。

「まあ！　なんなのあんたそれ！」

母親は悲鳴に近い叫び声をあげた。

島田君は顔といわず全身が煤に塗《まみ》れ、おまけに髪の毛はちりちりになっていた。

「ほんと、焼けたみたいに、触るとぱりんぱりんになって落ちちゃった」

軀《からだ》に染みついた肉の焦げたすっぱい臭いは、暫《しばら》く取れなかったという。

て

放ったらかしの親だったという。

「まだ、よちよちしてたのにドアも閉めないのよ」

秋田《あきた》さんの隣室には妙な雰囲気の若い夫婦者が居た。挨拶《あいさつ》もしなければ笑いもしない。やがて娘ができたが遊ばせている風でもない。時折、ひとりでよろよろと戸口付近にまとわりついているのが見えるだけだった。と、ある日、アパート前に出たところを轢《ひ》かれてしまった。隣の部屋は泣くでも喚《わめ》くでもない。町内会にも入っていないので葬儀もやったのかどうか知れない。そして黙ったまま引っ越していった。

季節がひとつ過ぎ、秋になった。それに気づいたのは秋田さんの家に遊びに来ていた友だちだった。

「ねえ、これちょっと変よ」

友だちはドアの下部を覗《のぞ》き込んでいた。

秋田さんは単なる汚れだと思っていたのだが、確かに小さな『手の跡』に見える。

それが自分の部屋だけではなく隣室も、その先にもぺたぺたと判でおしたようについている。

「すぐにあの子のことを思い出して気味が悪いから拭《ふ》き取ったんです」

ところが暫くすると、また跡になっている。その頃から何となくあの手形はなかに入れて欲しがってドアを叩《たた》いているのではないかと考えるようになり、ちょっと怖ろしくなった。

「なんだか寝る時や夜中にふと目を覚ました時にドアの外に彼女がいるような気がするんですよね」

妙な心労が募り、彼女が職場で溜息《ためいき》をついていると件《くだん》の友だちが「どうしたの？」と心配してきた。訳を話すと、彼女が自分が正体を確かめてもよいといい、その日のうちに泊まりに来ることになった。手の跡は相変わらず間を開けながらも続いていた。丁度、拭き取ってから暫く経った頃合いだった。

「その子は肝っ玉が太いというか、幽霊なんか怖くないらしくって。逆に会ってみたいなんていうぐらいだったんですよ」

すると明け方、秋田さんは友だちに起こされた。

「いるよ。いま、来てる」

友だちの囁《ささや》きに耳を澄ますと確かに小さな足音と子供のしゃくり上げるような息づかいが聞こえてきた。蒲団《ふとん》から出ようとする友だちを秋田さんは「よしな」と引き留めたが、彼女は「大丈夫大丈夫」といいながらパジャマ姿のまま玄関に向かっていった。

　確かに『うっうっ』と声が聞こえた。以前にはなかったことだった。そして声が秋田さんの部屋の前に到着した時、「こらぁ！」と友だちの含み笑い気味の声がし、ドアが開けられる音がした。

　秋田さんは耳を塞《ふさ》ぎながら、次の展開を待った。しかし、続く音が聞こえてこない。彼女は蒲団のなかから友だちの名を呼んだ。すると「ぎぃや」と琴の弦をねじ切るような声が聞こえた。秋田さんが飛び出すと友だちはドアノブを摑《つか》んだまま仁王立ちになっていた。

　肩に手をかけるとストンと腰が抜け、尻餅《しりもち》をついた。目があっちこっちの眇《すがめ》になっていた。友だちはそのまま昼過ぎまで意識が戻らず、起きたときに「何を見たのか」と問うても全く覚えていなかった。目は眇のままであった。

　あれから二年ほど経つ。友だちの眇は徐々に元に戻ったが、あれ以来、彼女はものの右と左が判らなくなってしまったという。

「だから運転免許も取れないんです」

　気性もすっかりおとなしく、泣き虫になってしまっている、と秋田さんは告げた。

口真似

面白半分に始めたことだった。

友苗《ともなえ》さんには小四のとき、同じ社宅に越してきた森《もり》さんという友だちがいた。

彼女は吃音《きつおん》者だった。

「例えば、おはようっていうのも、おっ、おって……なるのね。それに緊張すると吃音も酷《ひど》くなるし、リラックスしているときには治ってたりするから、ちょっと不思議だったの」

小さいときはそんな病気があるとは考えもしなかったので、わざとやってるんだと思っていた。ところがある日、森さんが顔を真っ赤にして、とても苦しげに話すのを見て、可哀想だなと感じた。

「それからかな」

友苗さんは自分だけ、ぺらぺら喋《しゃべ》ったりするのが悪いような気がし、話の途中で考え込んでみたり、ちょっと真似するようになった。

森さんは友苗さんが自分と同じように喋るのを初めは驚いたようだったが、真似が上手になってくると気にしなくなった。

「ずっとやってるつもりじゃなかったのよ」

友苗さんは吃音を森さんといるときだけに限定していた。しかし、そのうちに普段の独り言が吃音になるようになった。

「ふと気がつくと、そうなってるのね。変な言い方だけど、すらすらやっているよりも、その方が口が気持ちいいのよ」

両親はそんな真似を苦々しく感じていたらしい。

「うつるからやめろっていうんだけど、わたしは自分で選択してやってるつもりだったからね。うつるなんてないと思ってたのよ」

ところがいつの頃からか、吃音が止まらなくなってしまったのだという。

「あれには驚いた。口が勝手にそういう風に動いてしまう感じ。自分では普通に喋ろうとしているんだけど。もう話し始めから、舌の変なところに力が入っちゃうのね」

そら見たことかと両親は彼女を病院に連れていった。しかし、原因は不明。とにかく真似をしないようにとの診断だった。

両親は彼女が森さんと遊ぶのを禁じた。

「治るまでだめだって」

森さんのご両親は「子ども同士のことですから……なんとか遊ばせてやってくださ

い」と頼みにきたのだが、友苗さんのお母さんは「治ったら」の一点張りで追い返してしまったという。

もともと引っ込み思案な森さんには友だちが少なかった。ましてや、同じ社宅で同じ年頃の友だちは友苗さん以外にはいない。

忘れた頃、チャイムが鳴らされたりもした。

「あ、モリだって思うんだけど。あの頃、自分でも吃音を治したかったから……」

母親が玄関口で追い返すのを黙って聞いていた。

そんなことを繰り返していると森さんが転校することになった。

学校でお別れ会が開かれた。

最後になって森さんがみんなに向かって話をした。

「わたしは吃音者です。聞きにくかったりして、みなさんに迷惑をかけました。すみませんでした。いままでありがとうございました」

森さんはそこまでを吃音せず話した。

みんなが拍手をした。

先生が森さんは最後の挨拶《あいさつ》だけは、つかえないよう一生懸命、放課後、練習していたのだと伝えた。

みなを見回した森さんが、にっこりと友苗さんに微笑んだ。友苗さんは、ちょっと涙が出た。

「あんた、変なこといってるわよ」と母親に指摘されたのは、森さんが引っ越してから二ヶ月ぐらい経った頃のことだった。

聞けば寝言がうるさいのだという。

友苗さんは全く覚えがなかった。

「本当なんだから」

ある日、母親がテープを聞かせた。夜中に彼女が喋っているのを録音したのだという。

『……が、がっこっのちゅー、ぶっに。み、みぎっ……』

わけがわからなかった。

「それでもわたしには、それが森さん独特の吃音だっていうことがわかったの」

彼女は母が録《と》ったというテープを繰り返し繰り返し、聞いた。寝言は続いていた。

そしてようやくそれが『学校のチューリップの花壇の右横に隠しておいたから』という内容であることがわかった。

翌日、彼女がその場所に行ってみると土の色が変わっているところがあった。掘るとビニール袋に包まれたキャラクター人形があった。それは森さんが雑誌の懸賞で当てたもので、友苗さんが欲しい欲しいとせがんでいたものだった。ビニールは頑丈だったので人形は綺麗《きれい》なままだった。

驚いた彼女は家に帰ると母親に報告した。

「それで久しぶりに電話をして貰《もら》ったの」

森さんは亡くなっていた。

自転車で走っているところを軽トラにぶつけられたのだという。

友苗さんは吃音が治った。

チャギリ

「もう友だちがみんな持ってるのにサァ」

牛山《うしやま》君は近所でも一番、自転車を買って貰うのが遅かった。

「みっともないんだよね。みんながチャリでぶんぶん飛ばしてる横を汗かきながら走ってついてかなくちゃなんないってのはさ」

牛山君の家は牛乳屋をやっていた。

「あの頃は丁度、近所にスーパーなんかができ始めちゃってさ。配達が下火になってきた頃だったんだよね」

当然、家計は火の車だったのだが、小三の牛山君にそんなことを推し量ることはできなかった。

「もう毎回、茶碗《ちゃわん》を箸《はし》で叩《たた》いて。弟と一緒に、チャリ買《こ》うてぇ〜チャリ買うてぇ〜って」

するとあるとき、父親が自転車を持ってきてくれた。

「ところが塗装はなんだか汚らしいし、ちょっと軸が歪《ゆが》んでるんだよねぇ」

どう見ても新品ではなかった。

それでも自転車がきたことには変わりなかった。彼は嬉《うれ》しくて嬉しくて、どこに行くにも乗り回していた。

「自転車って変だよな。初めて自由って感じたのは、俺、自転車に乗ったときだったんだよ。バイクでも自動車でもなくてさ」

いまでも牛山君は興奮気味にそういう。

丁度、その頃、『チャギリ』という妙な遊びが流行《はや》りだした。

「要はチャリでギリに挑戦するっていう感じかな」

町外れに小さな踏切があった。通勤電車が通るので普通の踏切となんら変わりはないのだが、形が小さいので割とみな油断して通って事故が多発する踏切になっていた。

「その踏切の手前が緩い坂になっててさ。警報が鳴って遮断機が下りた途端、思いっきり走っていって、踏切のギリで停まる。これがチャギリ。いまから考えると怖ろしく頭の悪い遊びだよな」

それでもゲームもビデオもない当時の子らには、スリリングな遊びであった。

牛山君はかなりな、チャギリストであったという。

「もう頭とかで考えないんだよ。目印があってさ。ここにきたら全力ブレーキって決めてあるんだ。そうすると後はちょっとしたズレで予測より、少し前に停まったり、奥に停まったり。単純なモンだったんだよ」

　ある日、牛山君は友だちと遊んでいて厭《いや》なものを見た。スナックから叩き出された父親が飲み屋の女に怒鳴りつけられていたのだ。

「その頃、オヤジは普通の家が牛乳をやめていくものだから、町のスナックに目をつけたんだよ。健康に良いからとかなんとかいってさ。それで朝だけじゃなくて夕方からも配達に出るようになった」

　理由はわからないが、茶髪を逆立てた下品な女にぺこぺこしている父親を見るのは厭だった。友だちも何もいわなかった。

　公園に行ってもクサクサしていた。

「チャギリやろうや」

　牛山君はそういった。


　ふたりが先にやり、成功していた。

「次はウッシーだぜ」

「わかった」

　警報が鳴り出した。

　車が停車し、遮断機が下り始めた。

「なんだか獰猛《どうもう》な気がしてきたんだよな」

彼は普段ではしたことのない『うぉー』という叫びをあげると一転、立ち漕《こ》ぎの姿勢に入った。

「普通、一生懸命に漕いでも立ち漕ぎすることはなかった。何か、その時点でおかしかったんだな」

風を切るのが面白かった。どんどん迫る踏切が何か写真のように見えて現実感を失っていた。『俺はあそこに突っ込むんだ！　突っ込みまくってやるんだ！』そう思いながら漕ぎまくった。

一瞬、目印から遅れた。

『やばい！』両方のブレーキを思い切り引いた。が、スピードは全く落ちなかった。慌てて何度も何度も握り締めた、が、最後までブレーキギアを絞り切ることができない。

『げっ！　なんでだよ』

先にチャギリを終わらせ踏切脇にいる友だちが彼を見て顔色を失っていた。

物凄《ものすご》い勢いで自転車は突っ込んだ。

その瞬間、ブレーキギアに手がふたつあるのを見た。自分の手と……千切れた白い手。爪がめくれ、骨があちこちから突きだしている。それがギアの間に挟まっていた。

彼を見た車がクラクションを鳴らした。

友だちが逃げるのが見えた。あっという間に踏切が目の前一杯に広がった。

電車が踏切に登場した。

『あ、俺、死ぬかも』

一瞬、目の前が真っ白になると軀《からだ》が叩きつけられた。ボールになったように跳ねると痛みで息ができなくなった。

見ると目の前に軽トラが停まっていた。

横の道から飛び出してきたのだ。

ドアには『牛山牛乳店』とあり、健康一番と赤字で下に添えてあった。

運転席では目玉が飛び出しそうな顔で父親が、倒れた自分を見つめていた。


ブレーキが利かなくなったのは牛山君だけではなかった。踏切に向かったお父さんの軽トラもブレーキが利かず、あたふたしているうちに横腹に我が子が衝突してきたのであった。怪我はしたが電車に轢《ひ》かれるのに比べれば大したことはなかった。

不思議なことに自転車はほとんど無傷だった。が、翌日、学校から帰ってくると自転車は新品になっていた。いままでのチャリは？　と訊《き》くと「捨てた」と父親はぽつりと告げた。

あの自転車が実はお墓で拾ってきた物だったと聞いたのは牛山君が高校生になったときだった。

隣の家

思えば変な家だったという。

「私が小さいときは香澄《かすみ》ちゃんっていう同い年の女の子がいて、よく遊んだんですけれどね」

香澄ちゃん一家が越してしまってからは、子どものいない夫婦が移り住み、それからは交流がなくなっていた。社会人になって大宅《おおや》さんは都内のマンションに移り住み、最近になるまで実家に戻ることはそう多くはなかった。三年前、彼女が家に戻ったのには訳があった。ご両親が不慮の事故で亡くなってしまったのである。

「歩道を歩いていたところを酔っぱらい運転の車に突っ込まれて……」

ショックのあまり仕事が手につかなくなってしまった彼女は退職し、実家に戻ることにした。時が経てば傷は癒《い》えるものだと誰しもがそういったが、気分が晴れ晴れとする日はなかなかやってこなかった。隣家とも親しくはなれなかった。彼女が出ていってから何代か人が替わったらしく、彼女の知っている夫婦ではなく、小学校低学年の子どもがひとりいる三人家族が住んでいた。

去年の夏、朝から周囲が騒がしい。何事かと思って外を見るとパトカーが何台もとまっており、テレビのクルーを引き連れたレポーターらしき人間が集まっていた。

「一家心中したらしいんですよね」

そのことを彼女はニュースで知った。

憂鬱《ゆううつ》さに拍車が掛かった。

一瞬、蜂の巣を突《つつ》いたような騒ぎになったが、すぐに下火になったという。

「なんだか大きな波がザブッと一回来て、引いていったような感じでした」

あらかたの番組で取り上げられるともう後は何も来なくなった。心中の理由も借金苦というありふれたものだったのも一因かもしれないと彼女はいう。

隣家は当然のように買い手がつかず、放置された。親戚《しんせき》が管理している様子もなかったという。雨戸が閉め切られた白い壁の家は下部に生えた雑草もあいまって『お墓のように』見えた。

「取り立てて厭な感じというのはなかったですよね。ただ早く取り壊すなり、転売するなりして欲しいなという気はありました。だって否《いや》が応でも目に入る家だし、散歩や買い物の行き帰りには必ず前を通らなくちゃならないんですから……」

何の兆候もなくそれは起きた。

いつものように風呂《ふろ》に入り、いつものように着替え、いつものようにベッドに入った。

深夜、寒さと足の裏の違和感で目が覚めた。

寝室ではなかった。

彼女は雑草の生い茂る庭に立っていた。

「エッと思いました。だって自分はベッドに入った記憶しかないんですから」

大宅さんがいたのは隣家の庭だった。

帰宅し、足を洗うとすぐに睡魔が襲ってきた。翌朝、目が覚めてからも夢を見たような気がしてならなかった。それでも足の裏にこびり付いた泥が、夢ではないことを教えていた。何か病気の前触れだろうか……。とにかくあまりに驚きすぎて答えが見つからない。

そして事態は更に悪化した。

ある夜、眠ってから再び、妙な違和感に驚いた彼女が目を覚ますと、今度は玄関に立っていたのだという。

「本当にびっくりしました」

見たこともない家の玄関。屋内は真っ暗で物音ひとつ聞こえてこなかった。目の前にのびる廊下の奥が、ことさら怖ろしい。

彼女はすぐそこを飛び出した。

隣家だった。

その夜は家に戻ってからも暫《しばら》くは横になることすらできず考え込んでいた。

「病院では診断がつかなかったんです」

いきなり精神科に行くのは躊躇《ためら》われたので心療内科で話を聞いて貰《もら》ったのだが医師は彼女の話を真剣に受け取らなかったような気がしたという。

「とにかく安定剤のようなものばかり処方されました」

なぜ、自分が隣の家に入り込むのか理由がわからなかった。それに普段は施錠がされているはずだった。

「私、一度、昼間に行ったことがあるんです」

すると家のドアはもとより、雨戸も全て鍵《かぎ》がかかって外からは開けられないようになっていたという。

わけがわからなかった。

かといって誰にでも相談できるという話でもなかった。変な噂になるのも厭《いや》だし、ちゃんと理解してくれそうな相手はいなかった。

寝るのが怖くなった彼女は医者から貰った薬を飲むと手に紐《ひも》を巻いた。そして片方をベッドの脚に結んだという。

「これなら無意識に動いても引っかかると思ったんです」

しかし、またそれは起きてしまった。

「今度は階段を上がって二階にいたんです」

家族が死んだのは二階の奥の部屋だと聞いていた。父親が妻と子どもを絞殺した後、自分の胸を刺して死んだというのを覚えていた。目の前に暗い廊下がのびていた。天窓の一部がガラスになっており、それが月明かりを屋内に取り込んでいる関係で、雨戸を閉め切っていてもなかはぼんやりと明るかった。

『……段々、現場に近づいているんだ』

彼女は悲鳴をあげながら自宅に駆け戻った。

困った挙げ句、彼女は大学時代の友人に相談した。すると友だちが一緒に泊まってもよいといってくれた。彼女は数年ぶりに再会した友だちに悩みのあれこれを語った。

「このままでは家には住めないし、絶対に良くないことが起きる気がする」

彼女の言葉に友だちは頷《うなず》き、週末の金土日を一緒にいるといってくれた。

当日、ふたりはベッドに並んで寝た。

「彼女の提案でわたしたちは互いの手を紐で繋《つな》いだんですよね」

少しお酒を飲み、リラックスしたところで眠ったという。

ひやりとしていた。

目を開けると自分が見知らぬ部屋に立っているのがわかったという。
雨戸の隙間から明かりが差し込んでいた。
十畳の和室。
紐は外れていた。
ぎしっ。
廊下で足音がした。
見ると部屋の隅が大きく、黒く湿っている。
人が倒れたような形の染みだった。
『心中部屋だ……』
躯《からだ》が動かなくなった。
ぎしっ……。
濃密な気配が廊下から感じられた。
何かがいた。
部屋を飛び出したかったが、それでは何かと、まともに出会ってしまう……。
「うっ……うっ……」
喉《のど》の奥から悲鳴が漏れた。
座ろうにも血糊《ちのり》のような跡が気になって腰を抜かすこともできなかった。

ぎしっ……。

音が前よりも大きくなっていた。

廊下へ出るドア。顔がひとつ入るほどの隙間が開いていた。

ぎしりっ……。

音は部屋の前で止まった。

彼女は今にも叫び出しそうになるのを我慢した。頭がおかしくなってしまいそうだった。

『よりこ……？』

不意に廊下から友だちの声がした。

「あぁ、あたしぃ」

安堵《あんど》した大宅さんは思わず、ドアに駆け寄り、開けた。

誰もいなかった。

彼女は空虚な廊下を見つめ立ち竦《すく》んでいた。顔に何かが当たった。

見上げると血塗《まみ》れの男の首があった。

わらっていた。

「凄《すご》い悲鳴をあげたみたいで、今度は本当に友だちが来て、倒れている私を連れ帰ってくれたんです」

彼女は家を売却するとマンションを購入した。その後、体調も戻り、再就職した。

「困ったのは逆に、あのときの友だちが鬱《うつ》になってしまって」

今までに二度ほど自殺未遂を繰り返してしまったのだという。

「本人も理由はわからないみたいなんですけど」

なぜか手首を裂いたりしているらしい。

何かあの家にそういう原因らしきものはないの？　と訊《たず》ねると心当たりはないと答えた。

「ただ香澄ちゃんの一家って変な宗教をしていたのは覚えています」

二階の奥の部屋は絶対に子どもが入ってはいけない『聖なる部屋』だったのだという。

つらい記憶

多田《ただ》さんは小学校三年のとき、脊椎《せきつい》の病気で手術後、半年ほど病院のベッドから一歩も動けない状態で入院していたことがある。

しかし、家族の誰もそんなことはなかったという。

電話

間宮《まみや》さんが小学校五年のときのことである。

「運動会の予行演習の日で、朝からいろいろな用意をしていかなくちゃならなくてバタバタしていたんです」

元来、おっとりした性格の間宮さんは当日の朝になってから必要な物をいい出すことが多く、その日もゼッケンを付けたり、タスキやハッピを使うことなどをいい出し、お母さんから叱られていた。

「もう、いい加減にしなさい！」

お母さんは頭から湯気をたてていた。

どうしてわたしはいつもこうなんだろう……と困っていると電話が鳴った。

こんな忙しいときに誰だろう。

お母さんの機嫌がさらに悪くなるとハラハラしていると、お母さんは電話を無視している。

じりりりん……じりりりん……。

玄関脇の黒電話が鉄の蟲《むし》のような音を立てているのにお母さんは振り向こうともしなかった。

すごく怒ってる。

間宮さんはハラハラした。

そのうちに、お母さんはぷいっと立ち上がると違う部屋に行ってしまったという。

電話は鳴り続けていた。

——これはきっと、わたしは、あんたのせいで、こんなに忙しいんだから、電話ぐらいあんたが出なさいということなんだ。

間宮さんはそう思い、受話器を取り上げた。

「もしもし……」

相手が何か叫んでいたが雑音がひどく、聞き取れなかった。

「もしもし……聞こえないんですけれど……」

『うし……からじゃ……めよ』

女性の声だった。

「すみません、間宮ですけど。聞こえないんですけれど……」

相手も必死になって喋《しゃべ》っているのだが、いかんせん雑音がひどすぎた。

「本当に聞こえないんです」

『きょう、ゆみちゃんと並んではだめよ！』

突然、そう叫ぶ声が聞こえた。

年配の女性の声だった。

「どちらさまですか？」

『だめ……よ』

電話は切れた。

「誰？」

戻ってきたお母さんが受話器を握っている彼女に訊《き》いた。

「わかんない。女の人だけど声が聞こえなかった」

「名前ぐらい訊いておかなくちゃ、だめじゃない」

お母さんは荷物を彼女に押しつけると早く早くと集合場所へと送り出した。

「当時は集団登校だったんで、みんなで固まって登校してました」

彼女は五年生なので後ろから二番目を歩いていた。隣にいるのは高梨由美《たかなしゆみ》というクラスの違う女の子だった。

いつものように二列になって、がやがやとお喋りしながら歩いていたときだった。

不意に電話の声が甦《よみがえ》った。

『ゆみちゃんと並んではだめよ』

彼女はそれを思い出すと何だか気味が悪くなり、後ろの六年生と場所をかわって貰《もら》った。

学校までは徒歩で二十分ほどかかる。

と、突然、すれ違おうとした車が歩道に乗り上げ、彼女たちの列に突っ込んできた。

全てはあっという間の出来事だった。

原因は運転している老婆がアクセルとブレーキを踏み間違えたことによる暴走だった。

児童の大半は跳ね飛ばされ、大怪我をしたが、最後部にいた間宮さんともうひとりの六年生だけは避《よ》けて難を逃れた。

長い間、間宮さんはあの声が気になっていたが、最近になってアッと思った。

「子どもができたんでビデオを撮ることが多くなったんですよね」

再生画面から流れる自分の声に、あの電話の声はそっくりだったという。

つぐみ

進藤《しんどう》さんのお母さんは彼女が三年生のときに癌で亡くなってしまった。哀しくて哀しくて死にたかったという。

「何を食べても味がしないし、生きているのが、つまらなかった」

躯《からだ》がふわふわと、いつも浮き上がっているような状態で握力が五キロしかなくなってしまったという。

「ほんとうなの。真剣に力を入れているんだけど。全然、針が動かないの」

お父さんと二人暮らしになった彼女は学校から帰ると、外には出ず、家に引きこもることが多くなった。

そんなときの気持ちを彼女は、お母さんのいる子が羨《うらや》ましくて、悔しくて仕方がなかったからだと言った。

ある日、学校でつまらないことから友だちと喧嘩《けんか》になり、あまりに苦しくて早退した。

窓から他の家を見ていると涙が次から次へと溢《あふ》れてきた。

「おかあちゃん……おかあちゃん」

彼女は呟《つぶや》いた、何度も何度も。

すると目の前の電線に一羽のつぐみがとまった。

つぐみは彼女を見ると小首を傾げ、ちょっちょっちょっと電線を横飛びに移動した。

その姿がすごくユーモラスで彼女は思わず笑ってしまった。

つぐみは、それからも彼女が母を呼ぶ度に姿を見せたという。

「本当に不思議なんだけど、同じ模様のある鳥なのよ」

驚いたことに、つぐみは雨の日でも、夜でも現れたという。

「でもね、父がいると来ないの」

つぐみは、三年前のある日まで現れ、ぱったりと、それ以降、姿を見せなくなった。

「病院の窓にも来てくれていたんだけどね」

その日は進藤さんが、お母さんになった日だったという。

夜の蟬

「ブブ、ブブって携帯の振動特有の音。あれがするの」

藤木《ふじき》さんがそれに気づいたのは二ヶ月ほど前の深夜。

苛《いら》つく蟬のような音が続いたので、携帯をセットしてある充電器に目を向けると受信を知らせる点滅はしていなかった。

なんだろうと思って携帯に手を伸ばすと音は消えた。着歴は残っていなかった。

「そのときは変だと思いながら寝ちゃったのね」

彼女は都内のワンルームマンションにひとり暮らしをしていた。

「当時はショップで販売をやってたの。ノルマもきつくないし、店長は優しいし、わりと良い職場だった」

その後も振動は続いていた。

「そのたびに携帯を見るんだけど、動いてないし。着歴もないからね」

なるべく気にしないようにしていた。

ところが振動はやがて、起きているときにも聞こえるようになった。

当然、彼女はそのたびに部屋のなかを探して回るのだが、やはり痕跡《こんせき》はなかった。

「で、あるとき、新人の子の歓迎会があって夜遅くなったの」

普段はあまり飲まない藤木さんだったが、なぜかその夜は楽しくて、いつもより深酒をしてしまったのだという。

ブブ……ブブ……。

またあの音がしていた。

身を起こそうとしたが躯が重い。ようやく目を開けると、やはりベッドサイドの携帯は点滅をしていない、にも拘《かか》わらず音だけは続いていた。

——いい加減にしてよ。

彼女は立ち上がると音を頼りに部屋のなかを練り歩いた。

と、自分のベッドの脇で初めてチラチラと点滅する光を見たという。

携帯が落ちていた。

しかし、それは彼女の物ではなかった。

白地に赤い染料が付着し、何かにぶつけたのかふたが割れ、くの字に曲がっていた。

それがベッドの下。丁度、寝ていれば足下の辺りに落ちていたのだ。

ブッブー……ブッブー……ブッブー……。

藤木さんは近づくと拾い上げようとした。

が、不意にそれは消えた。ベッドの下へ潜り込むように入ってしまったのである。

酔いが怖さを感じさせなかった。彼女はそのまま膝《ひざ》をつくとベッドの下の暗い空間に手を差し入れた。

指先に固い物が触れた。掴《つか》み出そうとした。

何かが引っかかっていた。

藤木さんは床に顔を付けるようにしてなかを覗《のぞ》き込んだ。

女がいた。

こちらに顔を向けていたが、それは逆さまだった。落下したか、撥《は》ね飛ばされて着地し、仰向《あおむ》けになっているのを正面から見る形だ。衝撃で折れた頭の骨が内部を外に押し出そうとしていた。舌が口の中から溢れようとし、目玉がピンポン球のように膨らんでいた。

それはしっかりと携帯を握り締めていた。

藤木さんはすぐに部屋を飛び出すと近くのコンビニに逃げ込んだ。

「暫《しばら》くしたら、運良く明るくなったから帰れたんだけどね」

女は自分だった。

彼女は両親と相談し、引っ越しを決めた。

自分の携帯が白いのを思い出し、機種の変更をした。

絶対に白い携帯は買わないと決めている。

おふれ布袋《ほてい》

田崎《たざき》君の実家は新潟ではかなり大きな庄屋《しょうや》だったのだという。

「でも、それも農地解放っていう政策までだったらしいですけど」

敗戦後、占領軍であるGHQは日本軍国主義が増長した原因のひとつに、寄生地主と呼ばれる、小作人に所有の農地を貸し出して耕作させ生活するという特権階級の存在があったとし、政府が安値で農地を買い叩《たた》き、それを小作農に転売するという方式を取った。これが所謂《いわゆる》、農地改革――農地解放と呼ばれるものである。

「もうウチのおやじなんかは何もいわなくなっちゃったけど、おじいちゃんやおばあちゃんは思い出すとその話で悔しがってて……」

いまではすっかり地所も小さくなり、伯父さんが兼業農家を細々と続けているだけだという彼の家には昔から『おふれ布袋』という木彫りの人形があった。

「縁起の良いことがあると、音を出して教えてくれてたらしいんですよ」

彼が物心ついたときには既に形が変わってしまっていたのだが、それまではちゃんとした布袋の姿で本家の床の間に祀《まつ》られていた。

「高さは八十センチぐらいかな。ニスが塗ってあって飴色《あめいろ》。おじいちゃんの話では江戸時代の中頃まで村にあった神社の御神木が倒れてしまったので、そこからくりぬいて造ったっていうんですけどね」

出産、豊作、結婚、褒賞など田崎家所縁《ゆかり》の人間に善きことが訪れそうになると布袋様の置いてある部屋から賑《にぎ》やかな祭り囃子《ばやし》の音が聞こえてくるのだという。

「初めは本当に小さい音から始まるんだけど、最後のほうになると少し離れた部屋でもはっきり聞き取れるほどになるそうです」

祖母によると鳴り始めるのは夕方から深夜にかけて、遅ければ遅いほど祝事は大きなものとなると家の人は考えていたらしい。

当然、田崎君の祖父が生まれる時も布袋は鳴った。

が、ある時、布袋は真っ二つにされてしまったのだという。

「実はウチの実家には上と下のふたつの血筋があったんです」

元々はひとつの地主だったのであるが、これも江戸時代の中期、凶作に苦しんだその辺りで大きな騒動があり、その際、田崎家は意見の対立から本家と分家に分かれた。

「だからもともとウチは、上にある本宮という家の分家筋だったらしいんです」

上の本宮は川筋にあり、自由に川の水を使うことができた。逆にいえば自分たちの使いたいだけ使い、酷《ひど》いときには堰《せき》き止めることもできたのだという。

「田圃《たんぼ》に水を引く時期にこれをやられたら、それこそ下の村は全滅ですから、この水利を巡っては、かなり派手ないざこざがあったそうなんですよね」

ある年、いつになく長梅雨となった。

深夜になり、布袋の座敷から軽快な音が屋内に響き始めた。聞きつけた家人が布袋の前に集まっていると突然、地鳴りがし、家中の物が倒壊し始めた。

「増水した川が氾濫《はんらん》を起こしたんです。辺り一面、水浸しで大勢の死傷者が出たそうで」

不思議なことに母屋《おもや》も濁流の直撃を受け、家屋の大半をもぎ取られてしまったにも拘わらず、田崎の家にいた者は全員、布袋の前に集まっていたので難を逃れた。

但し、ふたりだけ命を落とした。橋の警戒にあたっていた長男と次男が流れに巻き込まれたのである。

人々は不思議がった。

なぜ、布袋は鳴ったのであろうというのである。布袋は福音を知らせる物であって何かの警告を発する物ではなかったはずだ。今回だけは別のお告げを発したのかと……。

「ところがやっぱりそうではなかったんです。すっかり水が引くと川の地勢が大幅に変わっていました」

川が裂け、支流ができていたのである。しかも、それは直接、田崎の村に接するようにできていた。

「つまり、それで水利の問題は解決してしまったのです」

村では氾濫での死者の弔いが済むと布袋の為に神社を造ろうという話が持ち上がった。

「で、その建立の準備に取りかかっている間に……」

ふたりの息子を失った母親が、寄り合いがされている最中の布袋の座敷に鉈《なた》を持って上がり込むと叩き割ってしまったのだという。

「誰も止める間がなかったそうで座敷は一時騒然としたそうです」

母親は布袋を真っ二つにすると、腰が抜けたように座り込み、啜《すす》り泣き始めた。

すると割れた布袋のなかから、真っ黒な蟻がざくざくと現れたのだという。

「その数が異常で大広間が真っ黒に埋まったといいます」

蟻は黒い水のように月光に背を滑らかせながらいずこかへと消えていった。その年は近年まれに見る凶作であったという。

禁日《きんじつ》

「今日は美山《びざん》に入ったらいけんよ」

幼い頃、母方の実家に帰省した大塚《おおつか》さんに祖母がそう声をかけたという。

「美山っていうのはなんだか昔の修験場のある山で、辺りでは霊場だと思われていたんだな。いまは全くそんなことをいう人もいなくなってしまったけれど、あの頃はそういうタブーの日みたいなのがあったんだよね」

いままでにもそうした日に、帰省するたび出くわしたことはあった。

「しかし、どういうわけか、そういうときは雪だったり、雨が降ったり、みんなでよそに出かける用事があったりして、我慢して家で遊んでいたっていう記憶はなかったんだよ」

ところがその年、小学三年の夏は違った。

「両親が隣町の葬式に出かけちまったから、俺はひとりで婆ちゃんと留守番だったんだ」

空は抜けるような青で、朝から蝉の声がやかましい。

午前中はなんとなく家のなかで過ごしていたが、昼飯を食べ、昼寝から起きると我慢できなくなった。丁度、夏の日差しが和らぎ風が気持ちよく吹く午後だった。

「俺は婆ちゃんがうたた寝しているのを見ると外に出たんだ。家の裏には三つ年上の幸《さっ》ちゃんっていう子がいてよく遊んで貰《もら》ってたから、まず初めにそこへ行ったんだよ。でも、出てきたおばさんがいうには、もうどこかに遊びに行っちゃったっていうんだな。で、仕方なく俺は辺りをぶらぶらし始めた」

もともと、さほど土地勘があるわけでもなく、鳥を追ったり、虫を拾ったりしているうち、いつの間にか『美山』に入り込んでしまっていたんだな、と大塚さんは呟《つぶや》く。

「で、ふと前を見ると四つか五つの女の子がひとりで歩いていく後ろ姿が見えた」

女の子は着物だった。

「それもさ、七五三で着るようなキンキラの振り袖《そで》だったんだよ。周りには親御さんらしき人もいないし、全くひとりで山のなかを歩いているなんて変な子だなぁと思ったわけよ」

ふたりは前後に並んで暫《しばら》く歩き続けた。

ところがある地点で少女の姿が見えなくなった。妙だなと思い、見失った場所まで行くと道を外れた森のなかに立っている。

「その子、なんだか覗《のぞ》き込んでるみたいな格好でさ。見たら枯れ草のなかに水溜《みずた》まりっていうのかな、なんだか池にもならないような小さなものがあった」

彼が近づくと少女は、にこっと笑い返してきたという。

ふたりは黙って水溜まりを眺めた。

「色が真っ暗で結構、深そうだった。あとからあとから水が出てるのか水面《みなも》が沸き立ってるみたいでね。それでも大きさは、ちょっと広めのこたつ程度だった」

そろそろ飽きた彼が黙って離れようとすると、「えい」と声がし、少女が水溜まりを向こう側へと飛び越えた。

彼が振り返るとまた「えい」とかけ声をかけて、こちら側に飛び戻る。そのたびに、にこにこ笑いかけてくる。

──変な子だな。彼は元に戻ることにして手を振った。

「じゃあね」

すると何歩も行かないうちに短い悲鳴に水音が続いた。

見ると少女が胸元までずっぽりと水溜まりに落ち込んでいた。

「あっと思った途端に頭も沈んでしまったんで、俺はびっくりしてさ」

大塚さんは駆け寄ると、再び顔を出した少女の手を思い切り摑《つか》んだ。

「でも、水を吸った着物が重くてなかなか簡単に引き上げられないんだ」

彼は助けを呼んだ。しかし、夕暮れの森には人気《ひとけ》が全くなかった。

少しでも手を緩めると少女はずくずくと沈んでいってしまった。そのうちに何回か彼も一緒に引きずり込まれそうになってきた。

「たすけて！　誰かぁ！　たすけて！」

その時、ふと、いま自分がいるのは『美山』ではないかと思い出した。だとすれば今日一日、近隣の人間は立ち入りをやめている。この山には自分たちふたりしかいないのではないか……。

大塚さんは涙が出てきた。

少女は下から彼を黙って見つめていた。

「誰かぁ」

手が痺《しび》れてきた。もう可哀想だけれど、このまま摑んではいられないかもしれない。徐々に手の力が抜けていくのを大塚さんは感じた。が、少女は彼の手を離そうとはせず、逆にがっちり摑んで離さないのだ。

少女の軀《からだ》がずぶりと沈む、その分だけ確実に大塚さんは引きずり込まれた。既に足先は水溜まりに突っ込んでいた。この先、引き込まれればふたりとも死んでしまう。

ぐいっと腕が強く引かれた。肩に抜けるような痛みが走り、ハッとして少女を見た。

笑っていた。

少女はおかしくてたまらないという顔で彼が怯《おび》えているのを見つめていた。

あ、これは人間じゃない、そう思った。

ゾッとした。

尋常でない力で引かれ、足が滑った。

「離せよ！」

彼はなんとか少女の手を振り解《ほど》こうと必死になった。が、少女は頑として腕を離さない。軀が痺れ、気が遠くなってきた。

——もうだめかもしれないな。

どこかでそんな言葉が浮かんだ瞬間、ドシャッと濡《ぬ》れた土を叩《たた》くような鈍い音がして我に返った。

幸ちゃんだった。

スコップを振り上げると幸ちゃんは少女の頭の上に振り下ろした。

ドシャ。

首が両肩の間に埋め込まれるように潰《つぶ》されると少女は水のなかに沈んでいった。ほっとした途端に大塚さんは腰が抜けてしまい水溜まりのなかに倒れ込んだ。

バシャ。

水が自分の周りで跳ねた。見ると彼は水溜まりに尻餅《しりもち》をついていた。

「大丈夫か」

呆然《ぼうぜん》としている大塚さんに幸ちゃんが声をかける。

水溜まりはあっけないほど浅かった。

「山童《やまわろ》だ。禁日には人を騙《だま》す」

腰が抜けてしまった大塚さんを背負った幸ちゃんは、そう教えてくれたという。

「幸ちゃんにも口止めされたけど。家の誰にもいえなかったな。なんだかしきたりを莫迦《ばか》にした罰だと思うと恥ずかしくて」

不思議なことに翌年、逢《あ》った幸ちゃんはそのときのことをまるっきり忘れてしまっていたのだという。

「こっちが拍子抜けするくらい。ええ！　そうかい？　なんてね、とぼけてる風には見えなかったけどね」

大塚さんは苦笑した。

イタ電

桃井《ももい》さんがその電話を受け取ったのは去年の暮れ。

「丁度、午前中の家事が終わってホッと一段落していたときだったんです」

携帯が鳴ったので出ると女性の悲鳴に近い叫び声が飛び込んできた。

『ちずるちゃんが！　落ちちゃったぁ！』

いきなり愛娘《まなむすめ》の名前を出された彼女は動転した。

「なに？　どうしたんですか？」

『あんたがアイス買いに行ってる間にぃぃぃ』

後は狂ったような悲鳴――切れた。

着歴を見ると友だちである同じマンションの主婦からだった。

かけ直すと通話中だったので、とにかく胸騒ぎを抑えながら彼女は娘の幼稚園に電話をかけた。

するとたまたま担任が出たので娘の様子を訊《たず》ねると、

『いま、外遊びから帰ってきてこれからお弁当です』という。

変な電話がかかってきた旨を告げると、担任はちょっと見てきますからといい置いて電話を切った。居間で立ったり座ったりを繰り返していると、携帯が鳴った。

担任の声で『お待ち下さい』というと、

『ママァー、どしたのぉ』という元気な娘の声が返ってきた。

なんだ、いたずらだったのかと安堵《あんど》すると共にイタ電をしてきた友だちに猛然と腹が立ってきた。電話を切るとかけ直した。

すると『はあい』という間延びした声が返ってきた。

そのあまりの口調の違いに気を削《そ》がれた彼女は「さっき電話した?」とだけ訊ねた。

『ううん。友だちと話してた。どした?』

「なんでもない」

おかしなこともあるものだと桃井さんは首を傾げながらも忘れてしまった。

正月明け、明日からは普通の生活が始まるという日、天気が良いのでマンションの屋上に出てみると顔見知りがたくさんいた。話が弾んでいると子ども達が喉《のど》が渇いたと騒ぎだし、誰かがコンビニまでジュースとアイスを買いに行こうということになった。

「わたし行くわ」

桃井さんがいい出すと友だちの主婦が、わたしが行くから残っててという。

「悪いから。いいから」

桃井さんがいうと相手は一瞬、考え込むと、それじゃあお願いしようかしらという顔になった。が、その瞬間、桃井さんの脳裏にあの電話の一件が思い浮かんだ。

「あ、ごめん！　やっぱり、あなた行ってくれる？」

桃井さんの突然の言葉に相手は呆気《あっけ》に取られたようになったが、すぐに頷《うなず》いて降りていった。

桃井さんは娘の姿を探した。が、見当たらなかった。おかしいなと思いながら死角になっている貯水タンク塔の裏に回って、ゾッとした。娘が友だちの男の子と一緒にフェンスの向こうにいた。先にひっかかっている風船を取りに出ていた。ふたりの立っている位置にはなにもない、不意に声をかけ、おどかせばそのまま十五階下のコンクリートまで真っ逆さまである。

――どうしよう。

その瞬間、祖父がよく口笛を吹いていたのを思い出し、必死になって吹いた。

すると音に気づいた、ふたりがハッと顔を見合わせると小さな軀をフェンスに押しつけるようにして戻ってきた。

「だめでしょ！」と強く叱ると娘は「ほんとは怖かった」といって泣いた。

男の子も半べそをかいていたという。

「思えば、あの電話がかかってきたのは祖父の命日だったんです。娘のことをひどく可愛がってくれていたから……」

桃井さんはそっと微笑んだ。

猫の木

樋口《ひぐち》さんは学生時代、山奥へ岩魚《いわな》釣りに行っていて奇妙なものを見た。

「いきなりニャオン！　ってすごい声が聞こえた途端に」

そばの大木から何匹も何匹も溢《あふ》れるほどの数の猫が飛び出してきたのだという。

「もうそれは数え切れないぐらい。次から次へと、うわーっ。なんじゃ、こりゃあっていうぐらいにね」

まさに噴き出すといった勢いであった。

逃げることも進むこともできなくなった彼は出てきてはどこかへ駆け去っていく猫の姿に呆然としながら立ち竦《すく》んでいた。

やがて最後の一匹が飛び出した後、一体、どうなっているのかと大木に近づいた。

するとそこにはバレーボールが一つ納まるほどの洞がぽっかりと空いているだけで、その他にどこかへ繋《つな》がっていそうな様子はなにもなかったという。

「物理的にありえないものを見たって感じ」

残念なことにその日の釣果はボウズだった。

「猫に獲《と》られたんだね、きっと」

彼は苦笑した。

夜の声

いつの頃からかははっきりしない。

夜、ふと喉が渇いたので台所へ水を飲みにいってたまたま気づいたのだと佐藤《さとう》はいう。

「なんだかぼそぼそ、人の声がしてたんだよね。うちはほらボロアパートだから外に立ってる人の声が聞こえ易いんだよ」

部屋の前は外廊下である。

階下の人間か、どこかでの立ち話が反響してきているのかとも思ったが、声の調子が妙に物々しい。

「なんだか歌舞伎っていうか、能とか狂言の台詞《せりふ》みたいに聞こえたんだよな」

ドアスコープから確認してみるが、もともと外灯がないので、こちらが灯《あか》りでも点《つ》けなければ人の有無など見当がつかない。

気にせずにいようと寝床に戻ったが、実はその晩からひどく体調が悪くなった。

「風邪、怪我、喧嘩《けんか》って、なんだか一切合切がやってくる感じでね」

ふて腐れて仲間の飲み会もキャンセルして寝ていると、またあの声がする。験を担ぐほどの人間ではなかったが、やはり気になったので翌日、自分の部屋のドアに母親が送ってくれていた実家の近くの神社のお札を貼った。声は続いた。

しかし、それは彼の部屋の手前に移動した。

ひと月ほどすると、そこの住人が突然、脳溢血《のういっけつ》で亡くなった。二十四の若さであった。

その夜、佐藤は引っ越しを決めた。

いまの部屋にもしっかりとお守りは貼られている。

自転車

溝尻《みぞじり》さんは先月、妙なものを見たという。

「まだ引っ越して二週間ばかりだったんで、土地勘もないから、そんな目に遭ったのかなとも思うんだけどね」

会社の宴会でしたたかに酔った彼はひんやりとした夜風に火照った顔を冷まさせようと、駅から徒歩十五分ぐらいの距離をてくてくやり始めた。

「これは俺の癖なんだけれど。昔っから自分の足で歩くと、そこの町をわかった気になるんだ。バスやタクシーで行き来しているだけじゃ、いつまで経っても町は『俺の町』じゃなくてさ。他所《よそ》行きなわけ。住んでるって実感もわかないんだ。だから、俺は住む町は歩くんだよ」

暗い住宅街の路地を、とぼとぼ進んでいくと、ちゃりちゃりいう音と一緒に曲がり角の向こうからキラリと光ったものがある。

自転車のライトだった。

『……おまわりかな』

職質されたりしたら面倒だなぐらいの気持ちで、彼はそのまま歩いた。

見るとやはり自転車だった。

大人用の前籠《かご》がついているタイプ。

――が、人が乗っていなかった。

無人の自転車は立ち尽くす溝尻さんを器用に避《よ》けると、ちゃりちゃり軽やかな音をさせながら反対側へと向かった。

『なんだあれ』

もしかすると誰かがリモコンで実験でもしているのかと、自転車のやってきた方向を覗《のぞ》いたりもしたが、人がやってくる気配はない。

『え――』

今更のように驚きながら彼は自転車の後を追い始めた。

それほど早いスピードではなかった。

人が漕《こ》ぐのをやめて、惰性で進ませているような感じだった。

誰かが見たらびっくりするぞと思いながらついていったが自分以外の人には会わなかった。というよりも、そもそも夜の早い郊外の住宅地なのである。

「触って確かめようっていう気はなかったね。そんなことをしたらぱたりととまってしまいそうだったからね。それよりも――」

自転車がどこに向かっているのかが気になった。先には何があるのだろうと、年甲《としが》斐《い》もなくわくわくしていた。

すると突然、小さな四つ角で、自転車が倒れた。

看板があった。

「死亡轢《ひ》き逃げ事件の情報提供を呼びかける立て看だったんだ」

目の前で自転車の車輪は静かにとまった。

溝尻さんは急にゾッとして、足早に家に駆け込んだ。

鍵《かぎ》をガチャつかせて中に入ると、たまたま夜更かししていた大学生の娘が顔を見せた。

そして「きゃー」と短い悲鳴をあげると、続いて笑い始めた。

溝尻さんは、妙なことを体験した直後だっただけに、娘の気が触れてしまったのかと怖ろしくなった。

「なんだ？　どうした？」

強い口調で娘に詰め寄ると彼女は目の縁から涙を溢れさせ、

「顔よ」といった。

「かお？」

溝尻さんの顔には赤い鳥居マークが、びっしりと描き込まれていたという。

空箱

「チビが幼稚園のときの話だからね」

もう二十年近く前の話だよと、大城戸《おおきど》さんは前置きしてから話してくれた。

「まだ今みたいに会社も大きくなかったし。わりと休みを取れていたんだよね。だからちょっと日頃のストレス発散に山登りでもしてみようと思って」

彼は学生時代、何度か登ったことのある山を目指したという。

「標高は千五百程度だけれど季節やルートによって様々な登り方のできる山でね。学生時代はそれこそ食料が無くなるまで縦走したりもしたもんだった」

初心者からベテランまでが楽しめる山で、彼は当然、日帰りコースを採った。

「それに考えごと半分の山行だから、人のいない平日を狙ったんだ」

明け方に自宅を出てバスを乗り継ぎ、登山口に辿《たど》り着くと思った通り、周囲はひっそりとしていた。

彼は人気《ひとけ》のない登山道をのぼり始めた。

「天気は快晴で木々の間から陽が差し込んでいて、葉の匂いがむせかえるほどだったね」

滅多にない上天気に足取りも軽かった。

目当ての山頂は途中三度ほど休憩すると目前に迫っていた。

「十一時、少し前だったと思うよ」

案外、軀《からだ》が疲れていないことも嬉《うれ》しかった。まだまだ自分は体力的に衰えていないと実感したのだ。

見ると山頂脇に東屋《あずまや》があった。

もちろん、学生時代にはなかった。

登山ブームの影響で簡易休憩できる施設でも増設したのだなと彼は思った。

「ベンチがふたつ。板囲いに屋根を載せただけの質素な作りでね」

テレビが置いてあった。

ベンチの上。

まるで引っ越しのドサクサに置き去りにされたような気配だったと大城戸さんはいう。

「斜めにね、置いてあって」

今風の物ではない、チャンネルはダイヤル式であからさまに膨らんだ画面はブラウン管であり、周囲は褪《あ》せたウグイス色のカバーがかかっていた。大きさは十八か二十インチまでいかないのではないかと彼はいう。

いずれにせよ、誰かが捨てたものに違いなかった。

彼は東屋を出ると弁当を食べることにした。眼下には緑がたぎっているように見え、久しぶりに命の洗濯をしたような爽快《そうかい》な気分になっていた。

握り飯を三つとおかずを平らげ、水筒の茶を片手に一服していると、突然、ザッと場違いな音がした。

と、続いて人の話し声。

東屋からだった。

「なんだ」

誰かが潜んでいたのかと不審に思いながら近づいた。

テレビが点《つ》いていた。

「白黒でね。ザラザラした画面がぼんやり光っていたんだ」

『なんだこりゃ……』

そう思った途端、急に焦点が合ったように画面がクリアになった。

背広の男が座っていた。

ニュースだと知れた。

『……今朝、……時五十分ごろ、川崎市《かわさき》……に住む……の長男、優《まさる》くんが交差点を右折してきたトラックと接触し……』

大城戸さんは愕然《がくぜん》とした。

切り替わった画面に映っているのは自宅近所の交差点であり、報じられているのはまさに自分の息子の危難であった。

携帯など普及していない時代である。

他の番組でも何かいっていないかと彼はテレビに飛びつくとチャンネルを回した。

が、他は砂塵《さじん》のままであった。

彼の耳に自宅近くの風景とトラックに撥《は》ねられた息子の名を告げる男の声が甦《よみがえ》った。

彼は取るものも取りあえず脱兎《だっと》の如く、山を駆け下りた。

「で、麓《ふもと》で電話をしたら。本当だったんだ。脇見運転してたトラックに引っ掛けられて頭の骨にヒビが入って手術の真っ最中だった」

彼が病院に着いたとき、奥さんはくずおれるようにして泣いたという。

「でもな。なんで知ったんだっていわれたからニュースでやってたっていったんだ」

すると奥さんは妙な顔をしたという。

「チビが撥ねられたのは俺が電話するほんの十五分前かそこらのことだったらしい」

大城戸さんは息子さんが大学を卒業したらあの山に登ってみようと思っている。

せせらぎ

古浦《ふるうら》さんがその音に気づいたのは今から五年ほど前、ひとりで山にいたときのことだった。

「その頃、なぜか蝶《ちょう》に凝ってましてね」

休みになるとあちこちの山を捕虫網片手に駆け回っていたのだという。

「別に子どもの頃から好きだったなんてことは全くなくてね」

逆に昆虫採集なんて『薄暗い趣味だ』と嫌悪する気すらあった。

ところが知り合いに蝶の標本をプレゼントされてから妙に自分でも捕まえてみたくなり、知り合いに同行して歩くうちに好きになってしまったのだという。

「で、その頃はもういっぱし気取りでしたからね。ひとりで行くんですよ。目星をつけたところへね」

そういう気分は釣り師とよく似ているのではないかと彼はいう。

「やっぱり自分のポイントっていうのは教えたくないですよね」

故に自然と単独行が多くなる。

当然、事故が起きるとただでは済まない場合も多い。

「でも、多少の危険は犯しても目当ての蝶が捕れると、そりゃあ嬉しいものです。お金じゃ買えない満足感がありますよね」

その日も彼は蝶を探して山深くへと入り込んでいた。が、残念なことに全くのボウズであった。

「なんだか疲れも倍に感じられてね。もう捕虫網なんか、そこらにうっちゃって帰りたいような気になるんです」

くさくさした気分で、もう帰ろうかと思い始めていたとき、水のせせらぎが聞こえた。

「しめた！　と思ったんですよ。蝶って案外、水場に集まったりもするんです。ましてや、そんな山奥ですからね。川からもかなりの距離がある。だから、そんなところに湧き水でもあれば目当ての蝶がそっちに寄ってることがあるんですよ」

彼は耳を頼りに水場を探し始めた。

しかし、いくら探してもそれらしきものが見当たらない。

「変なんですよ。音のする辺りには木立しかないんです。それだけの音がしていれば、もう水溜《みずた》まりらしきものが当然、見えてなくてはいけないはずなのに」

山の森というのは、案外に騒がしいものである。鳥の声、風が鳴らす梢《こずえ》の音、そういったものに惑わされずに水音を聞き分けるというのは簡単ではない。

気がつくと同じ辺りをぐるぐると回っているだけになっている。

おかしい……。

何かに化かされているような気になった彼は立ち止まって水辺ではなく純粋に音の位置を確かめることにした。

「すると目の前の一本の木からしているのに気づいたんです」

まさかと思いながらも近づいて耳を木肌につけると、まさしく『せせらぎ』は、なかからしていた。

「クヌギだったかもしれません。丁度、目の前の部分が妊婦の腹のように瘤《こぶ》になっていて……」

音はそこからしていた。

彼は持っていた鉈《なた》で瘤を叩《たた》いてみた。

するとバカッと瓶が割れるように瘤は砕け、ザーッと驚くほど大量の水が零《こぼ》れでてきたのだという。

「あっ」

一瞬、後退《あとずさ》ろうとした彼の手元にドスッと乗った物がある。

見るとそれは動いていた。

「桃色の。魚でもない、蟲《むし》でもない、奇妙な生き物でした」
敢《あ》えていえばプロペラ飛行機に手を生やしたような……。
と、古浦さんは表現した。
それが彼の腕のなかで震えていた。
思わず振り落とそうとしたが、
「しなかった」
小さな針で突いたほどの黒目と震える手と手とが拝むように感じたからだった。
見ると瘤からは血水のように赤いものも垂れている。
取り敢えず川か何かに放そう。
彼は両手に抱えながら山を下り始めた。
するとそれは見る見るうちに全身が細り、人魚のようなものに近づいた。
『ああ、死んでしまう』
彼はそう直感し、行きに見かけていた沢と交差するようなルートを足早に下った。
「でも、駄目でした」
沢に着いたときにはそれは透明になって溶けてしまっていたという。
彼の両腕には半月ほど、そのものの影が痣《あざ》のように赤黒くついていたという。

指ぬき

「さすがにもうそういうことはなくなったんですけど」

木野《きの》さんは高校生の頃まで妙な体験を数多くしていた。

「自分の軀《からだ》が自分じゃなくなるんですよね」

意識がなくなるわけではない。また自分がどこにいて、何をしているのかがわからなくなるわけでもない。

ただ軀の自由は利かなくなるのだという。そして軀だけはどんどん動く——。

「一度、こっそり自分だけで病院に行ったこともあったのね。あんまりにも不思議で怖かったから、そしたらなんか離人症なんじゃないかっていわれて入院させられそうになって、逃げたことがあるんです。それからはあまり医者とかに行くのもやめてしまって」

変なことが始まるのには決まった兆候があった。寝ていると『引かれる』という。

「夜、眠っていると右の足の親指がクイクイって引かれるんです。あ、キタって思うんですけれど、抵抗することはできないの」

そうすると翌日、なんだか一日中、眠っているような状態で過ごすのだという。

「起きて、歩いて、普通にしているんだけど、自分がやってるっていう感覚がなくて、何か軀っていう乗り物に乗って移動している感じ。全ては誰か別の人がやっていて、それを観察しているような感じになるんです」

親にもいえなかった。

「きっと何か怖い病気なんだと思い込んでいたんですよね。それでそれを口にした途端、現実になって病院に連れていかれたり、入院したり、手術するようなことにもなって……。うちは父と母で店をしていましたから、もしそんなことになってしまって母がわたしの看病に付きっきりなんてことになったら、生活が立ちゆかなくなってしまうと子ども心にも思ったんです」

あとから考えるとそれもそう思い込まされていただけなのかもしれません、と彼女は付け加えた。

彼女はそれを『指ぬき』されたと名付けていた。

「時間は一日。朝起きて寝るまで。次の日にはケロッと治っていて別に軀のどこかが痛いとか、頭が変だっていうことはないんです」

『指ぬき』されていても彼女は友だちと話すし、授業に出る。クラブもやって、下校時には買い食いをしながら友だちとだべって、電車に乗って帰ってきた。帰れば夕食の手伝いをして、お風呂に入り、食事をして、宿題をして眠った。なんの変哲もないのである。

但し、そのときが試験日などに当たると成績は抜群に良かった。たいした勉強もしていない、苦手な科目であるにも拘《かか》わらず満点に近いものが取れたり、剣道の試合などでは普段は目立たない彼女が区の大会で二位に入ったりした。

「だから家にある賞状とか大抵の盾は『指ぬき』で獲《と》ったんです」

だから逆に困ったことといえば普段の自分に戻ったときとのギャップであった。

「だって二位になった翌日に後輩に負けたりしてたら、先生にふざけるな！　なんて怒られたりして」

が、十七歳の誕生日の前の晩。ふいに指が摑《つか》まれた。あ、来た。彼女は翌日、都の大会を控えていたので喜んだ。内心、来ないかなと期待していたのであった。

翌日、いつものように軀がふわふわで自分が動かしている感じはなかった。試合ではベストフォーまで進出できて大満足な成績だった。顧問の先生も男泣きでよく頑張ったと部員達を褒め称《たた》えた。もちろん、彼女の功績が大きかったことはいうまでもない。

会場の裏で帰り支度を済ませ、ひとりでいたところ肩がぽんと叩かれ、振り向くと大好きな三年生の先輩が立っていた。憧《あこが》れたままで一度も声をかけることができなかった。

「よく頑張ったな」

彼はそういうとギュッと躯を抱きしめてきたという。

「厭《いや》らしい感じは全然なくて。わたし、朝練なんかの時、その先輩によく指導して貰《もら》っていたから」

単純に嬉《うれ》しかった。と、そのとき、躯が動いて先輩にキスをしてしまったのだという。

「自分でもびっくりしたけれど、もうどうしようもなくて」

予想外だったのか先輩は顔を真っ赤にして「ああ、どうも」などと口ごもりながらペコペコ頭を下げてみんなのいるほうへ戻っていったという。

「あとから考えると顔から火が出そうだったけど、そのときは、ああ、やっちゃったっていう程度だった」

その夜、彼女はなぜか母親の蒲団《ふとん》に潜り込んで寝た。

母は変な子ねえと苦笑しながらも入れてくれたという。

「次の日、いつもの自分に戻っていたんだけど、顔を洗っているときに『さよなら』って声が聞こえたんです。誰か来たのかなと思って顔を上げたんだけど、誰も周りにはいなくて……。でも、ああきっともう『指ぬき』はないなってわかりました」

彼女の思ったとおり、以降、『指ぬき』は起こらなくなった。

彼女は高校を卒業する頃になって『指ぬき』の話をしたのだという。すると黙っていたご両親が静かに涙をこぼした。

「それはもしかするとおまえのお姉さんかもしれないって母がいうんです。わたしが本当の父だと思っていた人は実は育ての父で、本当の父はわたしがお腹にいた頃に事故死したらしいんですよね。で、母はすごいショックだったらしいんですけれど、親友だった今の父が結婚をしてくれたそうなんです」

当時、お母さんのお腹には彼女ともうひとり女の子がいた。

「彼女は先に取り上げられたらしいんですけれど、一週間も経たないうちに亡くなってしまったんです」

ご両親はいつかは話さなくてはと思っていたという。

「ほんというと少し恨んでるんです」

何をですか？　と訊《き》いた。

「大学受験までやってくれれば楽だったのにと思って」

木野さんはそういたずらっぽく笑うと、離れたところで遊ばせている我が子を眩《まぶ》しそうに見やった。

解説　脳を殺してもらいたい

関口靖彦

自殺する元気はないが、生きていくにはしんどいことが多すぎる。そう思っていたから、ゾンビ映画を観たときほっとした。たしか十代の半ば。こんなふうになら、歩き続けられるかも。生ける屍《しかばね》。

そしてデスメタルにハマった。夜は部屋にこもり、ヘッドホンの爆音に合わせて首を振りまくる。数年後にはアルコールの威力を知り、毎晩記憶を失うまで呑《の》むようになった。どちらの習慣も四十歳の今に至るまで続いているから、脳みそはアスファルトに叩《たた》きつけた豆腐のようにぐずぐずだ。気に障ることも痛かったことも、半日と経たずに忘れられる。

メタルと酒は物理的に脳を破壊するが、さらに効いたのが本だ。今の日本で、本ほど野放しなメディアはない。果てしなく執拗《しつよう》な暴力も、映像にしたら二目と見られないグロテスクな光景も、逸脱しまくった性描写も、活字ならノーチェック。躰《からだ》はこの世に置いたまま、脳みそだけあの世に吹っ飛ばしてくれる。そして出くわした平山夢明の実話本は、最高の効き目を持っていた。天恵だった。

気がつくと出版社にいた私は、怪談専門誌『幽』の創刊に携わる。怪談小説、怪談漫画、怪談評論、そして怪談実話から成る雑誌。平山夢明の本が作れる。喜び勇んで原稿依頼をかけた私に、真顔で「書けるかな。考えてみるけど」と平山は答えた。霊の話は『「超」怖い話』で書いている。生身の狂人の話は『東京伝説』で書いている。『幽』では何を書くのか。作家の当然の逡巡《しゅんじゅん》に、ただただ「脳みそをブッ飛ばしてくれ」と飢えていた私は、何の提案もできなかった。

次に会うとき、私は何のアイデアも持てないままでいた。でも平山さんの原稿をもらいたい。おれの脳を殺してもらいたい。人肉を求めるゾンビのように、二日酔いの私は待ち合わせ場所に向かった。席についた途端に平山は言った。「何だかわからない話を書くよ」。うれしいが、どんな原稿になるのかさっぱりわからない。わからないまま「お願いします」と頭を下げた。

つまり『「超」怖い話』と『東京伝説』の狭間《はざま》に落っこちてしまう話だという。霊のしわざとも、生きた人間の狂気や幻覚ともつかない、おかしな話。概念としてはわかるが、実際どんな話が書かれるのか想像もつかなかった。そして連載第一回目の原稿が届く。本書では掲載順はシャッフルされているが、第一回として私が読んだのは「蜃気楼」「ノックの子」「蛍火」「傷口」「壁」だ。これは効いた。これまでの「怖い」とは違う。だが確実に脳みそが揺さぶられる話だった。

霊は怨念《おんねん》によって現れる。人はトラウマと生い立ちによって狂気に至る。現象がどれだけ奇天烈《きてれつ》であっても、その原理はシンプルなことが多い。だが『顳顬草紙』は違った。脳みその予測する道筋を軽々と外れて、異様な顚末《てんまつ》を見せる。「ノックの子」なんて、怖いというより、いい話だ。「蜃気楼」も「壁」もハッピーエンドだし、「蛍火」も結局は無事だ。だが圧倒的に〝わからない〟。「怪談」は「怖い話」ではなく文字通り「怪しい話」だとすれば、これは精髄を摑《つか》んだのではないか。けっきょく何が起きたのか明かされない「傷口」を何度も読み返しながら、私はニヤニヤニヤニヤしていた。切り傷から聞こえてくる声。想像もつかないものを想像しようとすればするほど、私の頭の中は真っ白になっていった。

「雛と抽斗」「孕み」「思い出」「尻餅」「正気玉」「憑が出る」「つらい記憶」「おふれ布袋」「猫の木」「自転車」「せせらぎ」……わからない話が届くたびに脳を吹き飛ばしてもらえて、私は幸福だった。この悦《よろこ》びを、本書を手に取ったすべての人に味わっていただきたい。こんなに何度も読める、読むたびに死ねる怪談実話はそうそうない。何年も経ってから、そのことがおわかりいただけるだろう。

（『ダ・ヴィンチ』編集長／ZOMBIE RITUAL ボーカル）

本書は二〇一二年一月にメディアファクトリーよりMF文庫ダ・ヴィンチとして刊行された『怪談実話　顳顬草紙　串刺し』を改題して二次文庫化したものです。

顳顬草紙《こめかみそうし》　串刺《くしざ》し
平山夢明《ひらやまゆめあき》

角川ホラー文庫　18875

平成26年11月25日　初版発行
令和6年9月20日　5版発行

発行者――山下直久
発　行――株式会社KADOKAWA
〒102-8177　東京都千代田区富士見2-13-3
電話 0570-002-301（ナビダイヤル）
印刷所――株式会社KADOKAWA
製本所――株式会社KADOKAWA
装幀者――田島照久

●お問い合わせ
https://www.kadokawa.co.jp/（「お問い合わせ」へお進みください）
※内容によっては、お答えできない場合があります。
※サポートは日本国内のみとさせていただきます。
※Japanese text only

ISBN978-4-04-102436-2 C0193

角川文庫発刊に際して

角川源義

第二次世界大戦の敗北は、軍事力の敗北であった以上に、私たちの若い文化力の敗退であった。私たちの文化が戦争に対して如何に無力であり、単なるあだ花に過ぎなかったかを、私たちは身を以て体験し痛感した。西洋近代文化の摂取にとって、明治以後八十年の歳月は決して短かすぎたとは言えない。にもかかわらず、近代文化の伝統を確立し、自由な批判と柔軟な良識に富む文化層として自らを形成することに私たちは失敗して来た。そしてこれは、各層への文化の普及滲透を任務とする出版人の責任でもあった。

一九四五年以来、私たちは再び振出しに戻り、第一歩から踏み出すことを余儀なくされた。これは大きな不幸ではあるが、反面、これまでの混沌・未熟・歪曲の中にあった我が国の文化に秩序と確たる基礎を齎らすためには絶好の機会でもある。角川書店は、このような祖国の文化的危機にあたり、微力をも顧みず再建の礎石たるべき抱負と決意とをもって出発したが、ここに創立以来の念願を果すべく角川文庫を発刊する。これまで刊行されたあらゆる全集叢書文庫類の長所と短所とを検討し、古今東西の不朽の典籍を、良心的編集のもとに、廉価に、そして書架にふさわしい美本として、多くのひとびとに提供しようとする。しかし私たちは徒らに百科全書的な知識のジレッタントを作ることを目的とせず、あくまで祖国の文化に秩序と再建への道を示し、この文庫を角川書店の栄ある事業として、今後永久に継続発展せしめ、学芸と教養との殿堂として大成せんことを期したい。多くの読書子の愛情ある忠言と支持とによって、この希望と抱負とを完遂せしめられんことを願う。

一九四九年五月三日